ПРИРУЧЕННАЯ ВОИНАМИ

ПРОГРАММА «МЕЖЗВЕЗДНЫЕ НЕВЕСТЫ» ®:
КНИГА 1

ГРЕЙС ГУДВИН

ГЛАВА 1

Аманда Брайант, Межзвездный Центр обработки невест, Земля

Не может быть, чтобы это происходило на самом деле. Но *ощущения* были настоящими. Прикосновение теплого воздуха к моей потной коже. Опьяняющий запах секса. Мягкие простыни под моими коленями. Сильное тело у меня за спиной. Мои глаза завязаны шелковой лентой, и вокруг темно, как ночью. Но мне не нужно было видеть, чтобы чувствовать крепкий член глубоко в моей киске. Большой, толстый член.

Это все на самом деле. *На самом деле!*

Я стояла на коленях на кровати, а мужчина позади трахал меня. Его бедра двигались, его член сладко задевал каждое нервное окончание, а мои внутренние стенки пульсировали вокруг него. Его твердые бедра были подо мной, рука обхватила мою талию и сжимала грудь, удерживая меня на месте и не позволяя двигаться. Я могла только принимать все, что он давал мне с каждым глубоким толчком. Мне некуда было деваться – и я не хотела уходить. Зачем? Это было *так* невероятно. Его член, растягивающий и наполняющий меня, приносил ни с чем не сравнимое блаженство.

Не только мужчина позади меня сводил меня с ума. Другой мой партнер – да, я была с двумя мужчинами! – прокладывал дорожку поцелуев по моему животу вниз. Горячий язык коснулся пупка, потом еще ниже...

Сколько еще он будет мучить меня, прежде чем доберется до клитора?

Чувствительный комочек пульсировал и горел от нетерпения. Быстрее же, быстрее!

Разве так бывает? Чтобы двое мужчин трогали меня, лизали меня, брали меня? Но все это происходило на самом деле. Потому что мужчина за моей спиной обхватил мои бедра сильными руками и развел мои ноги еще шире, чтобы другой мог исследовать меня руками и языком... и добраться до клитора.

Наконец-то! Я качнула бедрами вперед, прося большего.

– Не дергайся, подруга. Мы знаем, что ты хочешь кончить, но ты подождешь, – горячо выдохнул мужчина мне в ухо, продолжая раскачивать бедрами и заполнять меня своим гигантским членом.

Ждать? Я не могла ждать! Каждый раз, когда член погружался в меня, язык на моем клиторе надавливал и лизал. Ни одна женщина не смогла бы выдержать все это вместе.

Я стонала. Хныкала, пытаясь двигать бедрами навстречу удовольствию. Это было невероятно. Я хотела, чтобы они оба вошли в меня. Отчаянно желала, чтобы они присвоили меня, сделали своей навсегда.

На долю секунды мой разум взбунтовался, так как на самом деле у меня не было никаких партнеров. Я уже больше года не вступала ни с кем в любовные отношения. Я никогда не принимала двух мужчин одновременно. Никогда не думала, что захочу заполнить обе свои дырочки. Кто эти люди? Почему я...

Язык оставил мой клитор в покое, и я вскрикнула:

– Нет!

Совсем скоро этот рот накрыл мой сосок, и я почувствовала, как губы мужчины изогнулись в улыбке. Он оттягивал и посасывал нежную кожу, пока я не заскулила, умоляя о большем. Я словно ходила по лезвию бритвы, мое тело было на грани оргазма. Член, вбивающийся в меня, был невероятен, но этого было мало.

Мне было нужно...

– Еще!

Мольба слетела с моих губ против моей воли, и темная часть меня затрепетала от мысли о наказании, которое наверняка последует за таким требованием. Откуда я это знала? Я не могла понять, и не хотела думать, просто наслаждаться.

Сильная рука тут же вплелась в мои волосы и потянула назад, заставляя откинуть голову до боли. Мужчина повернул мою голову к своей, почти касаясь моих губ своими и дразня.

– Ты не можешь ничего требовать, подруга. Ты подчиняешься.

Он поцеловал меня, вторгаясь в рот жестко и властно. Язык двигался вместе с толчками члена, в едином ритме вторгаясь в меня, отступая, и снова погружаясь внутрь.

Другой партнер раздвинул губы моей киски еще шире. Он лизнул мой клитор, а затем осторожно подул на него, когда трахающий меня член глубоко вошел, а затем вышел почти полностью. Он лизал и дул. Лизал и дул. Лизал и дул. Я была готова расплакаться, возбуждение было слишком сильным, чтобы сдерживаться.

– Прошу вас. *Пожалуйста.*

Слеза скользнула вниз из-под повязки и намочила кожу там, где моя щека и щека моего партнера соприкасались. Он мгновенно прервал поцелуй и провел по влажной дорожке теплым языком.

– Ах, теперь ты просишь. Мы любим, когда наши подруги просят. Это значит, что ты готова.

Теперь заговорил мужчина, который, судя по всему, стоял передо мной на коленях и мучил меня своим ртом.

– Признаешь ли ты мои права на тебя, подруга? Отдаешь себя мне и моему второму по доброй воле или хочешь выбрать другого основного мужчину?

– Я признаю ваши права, воины, – произнесла я обет, и мои партнеры зарычали, почти теряя контроль.

– Тогда мы присваиваем тебя в ритуале наречения. Ты принадлежишь нам, и мы убьем любого другого воина, который осмелится прикоснуться к тебе.

– Пусть боги будут свидетелями и защитят вас, – прозвучал хор голосов вокруг нас, и я едва не задохнулась, когда мужчина на коленях передо мной прикусил мое бедро в обещании еще большего удовольствия.

– Теперь кончи для нас, супруга. Покажи им всем, как твои супруги доставляют тебе удовольствие, – приказал партнер за моей спиной и впился в мои губы в обжигающем поцелуе.

Стоп, показать кому? Я не успела закончить мысль, потому что рот другого мужчины плотно обхватил мой клитор, посасывая и вылизывая, толкая меня через край.

Я закричала, не слыша саму себя за обрушившимися на меня волнами экстаза. Все тело напряглось, как натянутый лук, только внутренние стенки вздрогнули и сжали член, который продолжал трахать меня. Твердый, такой твердый – а язык, который продолжал ласкать меня, был мягким и нежным.

Моя кожа горела, за веками мерцали ярко-белые вспышки, пальцы дрожали. Черт, все мое тело трепетало. Но мои партнеры еще со мной не закончили. Они не дали мне отдышаться; кто-то из них поднял меня с члена и развернул. Я услышала шелест простыней, почувствовала, как проминается кровать, а затем мужчина посадил меня на себя. Держа меня за бедра, он снова опустил меня на свой член. Совсем скоро он наполнил меня и продолжил вбиваться, а другой супруг протянул руку между нами и погладил мой клитор. Я была так перевозбуждена, так чувствительна после первого оргазма, что сразу же оказалась на грани второго.

Желание вспыхнуло внутри, и я напряглась, затаив дыхание. Я была готова кончить снова. Они обрабатывали меня так просто, без затей, но в то же время знали мое тело в совершенстве. Знали, как трогать меня, как лизать и сосать. Как трахать меня так идеально, что мне не оставалось ничего другого, как только кончать. Снова и снова.

– Да. Да. Да!

– Нет.

Команда была как поводок, который потянул мой оргазм назад и заставил ждать. Твердая рука шлепнула по моей голой ягодице. Громкий хлопок, яркая вспышка боли. Три раза. Четыре. Когда он остановился, по телу пробежал колючий жар. Мне *должно было* быть неприятно. Он отшлепал меня! Но нет. Моему предательскому телу это *нравилось*, новые ощущения шли прямо к груди, к клитору. Все мое тело горело, и я хотела большего. Я хотела их приказов. Я хотела их власти. Я хотела всего этого. Мне было *нужно*, чтобы мои супруги наполнили меня, овладели мной. Я хотела принадлежать им навсегда.

Твердые руки сжали мою задницу, раздвигая ягодицы

перед вторым партнером. Мужчина, который лежал подо мной, вращал бедрами и вбивался в меня короткими движениями, приносящими нескончаемое блаженство. Он полностью заполнял мою щель, как же второй партнер сможет занять вторую дырочку? Как они оба смогут взять меня, не причиняя боли? Я почему-то знала, что мне это понравится. Воспоминания о большой пробке, наполняющей и растягивающей меня, чтобы подготовить к этому, успокаивали. Тогда мне понравилось ощущение пробки в попе, когда они трахали меня, а от двух членов внутри я, наверное, умру от удовольствия.

Я хотела не просто секса с двумя партнерами одновременно. Я хотела заявить на них свои права и сделать этих мужчин моими навсегда. Только их двойное проникновение может сделать это. Я *любила* этих мужчин. Я хотела их. Хотела их обоих.

Палец моего партнера растягивал тугую дырочку, в которой еще никогда не бывал член, но я знала, что все будет хорошо. Оба мужчины были сильными и властными, но все же нежными. От подогретого масла, с помощью которого партнер ввел сначала один палец, затем второй, распространялся приятный жар. Я часто дышала, пока его теплые пальцы медленно раскрывали меня и готовили к члену.

Руки обвились вокруг моей спины, и партнер подо мной потянул меня вниз, чтобы я легла на его широкую грудь. Он погладил меня по всей длине позвоночника.

– Прогни спину. Да, вот так.

Пальцы выскользнули наружу, и я почувствовала себя открытой и готовой, но вместе с тем опустошенной. Мне *нужно* было больше. Партнер позади меня продолжал:

– Когда мой член войдет в эту тугую задницу, ты станешь нашей навсегда. Ты – звено, связывающее нас в единое целое.

Толстая головка его члена медленно двигалась вперед, заполняя меня, пока я не почувствовала, что готова умереть от удовольствия. Смазка с кончика его члена размазывалась внутри меня и разжигала огонь в нервных окончаниях, который ударом молнии направился прямо к клитору.

Я пыталась держать себя в руках, вести себя прилично, не давать проходящим сквозь меня спазмам свести меня с ума и дождаться разрешения, но не смогла.

Я кончила с криком, все мое тело билось в конвульсиях, едва не выталкивая член второго партнера из пульсирующей киски. Я не могла думать, не могла дышать, и каждый новый толчок приносил еще больше невыносимого удовольствия, пока я не кончила снова...

– Да!

– Мисс Брайант.

Женский голос, казалось, появился из ниоткуда в моей голове, возвращая в холодную реальность. Я старалась игнорировать его, тянулась за только что испытанным удовольствием, но чем больше я пыталась сосредоточиться на своих партнерах, тем труднее становилось чувствовать их. Я больше не чувствовала их запах. Их тепло. Их члены. Я вскрикнула в отчаянии, когда холодные пальцы сжались на моем плече и потрясли меня.

– Мисс Брайант!

Никому не разрешается так меня трогать. Никому.

Сработали навыки долгих лет обучения боевым искусствам, и я попыталась взмахнуть рукой, чтобы оттолкнуть того, кто покусился на мое плечо. Я не хотела, чтобы эти холодные руки касались меня. Не хотела, чтобы меня трогал кто-то еще, кроме моих партнеров. Их сильные, но такие нежные руки.

Резкая боль от наручников пронзила запястья и

вернула меня к реальности. Я не могла отвести руку
назад, не могла ударить. Я была связана. Поймана.
Прикована к какому-то креслу. Беззащитна.

Моргая, я огляделась и попыталась прийти в себя.
Черт возьми, низ живота сводило от желания, и я с
трудом дышала. Я была в каком-то больничном халате на
голое тело, прикована наручниками к столу для осмотра,
который был больше похож на кресло стоматолога, чем
на больничную койку. Воздух хлынул в мои легкие
вместе с судорожными вдохами, когда я попыталась
успокоить свое колотящееся сердце. Клитор, налитый
кровью, пульсировал. Я хотела потрогать его, чтобы
закончить то, что начали мужчины, но это было невозможно. Все, что я могла сделать со скованными руками,
это сжать кулаки.

Значит, я кончила прямо здесь, в этом чертовом
кресле, связанная и обнаженная, как последняя извращенка. Я была разведчиком с пятилетним опытом. Я
была назначена на эту миссию, потому что моя страна
полагалась на меня; мое руководство верило, что я не
потеряю контроль и сделаю то, что должна сделать там, в
космосе. Не стану срываться и умолять об оргазме
первого же пришельца, чей твердый член свел меня с ума
до такой степени, что я забыла свое имя.

Я поняла, что мое лицо раскраснелось при мысли, что
это *не один* доминирующий, властный альфа-самец
заставил меня течь и умолять. Один любовник? Нормаль-
ный, обычный секс? Нет, только не со мной. Чтобы не
было скучно, я обязательно должна была представить,
как меня трахают двое мужчин одновременно. Боже, моя
мать, наверное, сейчас ворочается в гробу.

- Мисс Брайант? - снова раздался голос.

- Да? – смирившись с неизбежным, я повернула
голову и увидела группу из семи женщин, наблюдавших

за мной с явным любопытством. Все они были в темно-серой форме со странными бордовыми знаками с левой стороны груди. Я часто видела этот символ за последние два месяца. Это был знак Межзвездной коалиции, указывающий на то, что все они были сотрудниками Центра обработки Межзвездных невест. Их называли Стражами, словно вступление в Коалицию было равнозначно попаданию в тюрьму. Женщины были самых разных рас: черные, белые, азиатки, латиноамериканки. Они представляли все расы Земли. Идеально, черт возьми. Со мной говорила бледнокожая женщина с темно-каштановыми волосами и сочувствующими серыми глазами. Я знала ее имя, но она этого не знала. Я вообще знала много вещей, которые не должна была знать.

Я облизнула губы и сглотнула.

- Я проснулась.

Мой голос был хриплым, как будто я сорвала горло. О Боже. Неужели я действительно кричала, когда кончала? Просила и стонала прямо при этих строгих женщинах?

- Отлично, - судя по виду, Стражу было лет под тридцать. Возможно, она была на год или два моложе меня. - Я Страж Эгара, и я отвечаю за Программу Межзвездных невест здесь, на Земле. Программа обработки указывает, что для вас найдена подходящая пара, но, поскольку вы - первая невеста-доброволец, которая была выбрана с использованием протоколов Межзвездных невест, нам нужно задать вам несколько дополнительных вопросов.

- Хорошо, - я глубоко вдохнула и выдохнула. Желание медленно испарялось, жаркая испарина высыхала. Я покрылась гусиной кожей в прохладной комнате с кондиционерами, которые изо всех сил боролись с августовским жаром Майами. Твердое кресло было липким, а халат раздражал чувствительную кожу. Откинув голову назад, я ждала.

По словам инопланетян, обещавших «защитить» Землю от предполагаемой угрозы, известной как Улей, эти женщины, стоящие передо мной, в прошлом были выданы замуж за инопланетных воинов, а теперь овдовели и добровольно вызвались служить Коалиции здесь, на Земле.

О, и за Коалицию сражались более двухсот шестидесяти инопланетных рас, но, по их словам, только небольшая часть была совместима с людьми для спаривания. Это казалось странным. И откуда они узнали это, если человек никогда раньше не отправлялся в космос?

Корабли Коалиции появились пару месяцев назад, в среду, 4 июня, в 6:53 вечера по восточному времени. Да, я помню точное время – трудно забыть момент, когда ты обнаруживаешь существование другой разумной жизни «где-то там». Я занималась на беговой дорожке в спортзале и была на двадцать третьей минуте моей полуторачасовой тренировки, когда экраны телевизоров на стенах сошли с ума. По каждому каналу показывали инопланетные корабли, инопланетные десанты по всему миру, и чертовски огромных желтокожих инопланетных воинов ростом больше двух метров. Одетые в черный камуфляж, они выходили из своих маленьких шаттлов с таким видом, будто уже были здесь хозяевами.

Ну их нафиг. Они говорили на наших языках и утверждали, что только что выиграли битву в нашей солнечной системе. Как только они увидели журналистов, то затребовали встречи со всеми крупными мировыми лидерами. Несколько дней спустя на встрече в Париже инопланетяне отказались признать суверенитет отдельных стран и потребовали, чтобы Земля выбрала одного верховного лидера. Премьера, как они это называли. Один представитель от всего мира. Страны не актуальны. Наши законы не нужны. Мы стали частью их Коалиции и должны следовать их законам.

Эта встреча транслировалась в прямом эфире по всему миру на всех основных языках - не нашими телевизионными станциями на Земле. Инопланетяне сами контролировали нашу спутниковую сеть. Сердитые и испуганные мировые лидеры в прямом эфире международного телевидения в каждой стране?

Мягко говоря, встреча прошла не очень хорошо.

Я не могла смотреть на это спокойно. Вспыхнули беспорядки. Люди были напуганы. Президент вызвал Национальную гвардию; все полицейские и пожарные службы в стране работали сверхурочно в течение двух недель. Примерно столько времени потребовалось людям, чтобы понять, что инопланетяне не собираются просто взорвать нас и взять то, что они хотят.

Но потом... это. Невесты. Солдаты. Они сказали, что не хотят нашу планету, пообещали защитить нас, но взамен потребовали, чтобы человеческие женщины стали партнерами для их воинов. И я была той сумасшедшей, которая вызвалась стать первой человеческой жертвой.

Секс с гигантским желтым инопланетянином? Потому что именно это и делают невесты - занимаются сексом со своим партнером. Да, это был не *муж*, а *партнер*. Уже бегу!

Какая же я умница.

Я вздрогнула от язвительной мысли и потрясла головой, чтобы очистить ее. Я была на миссии, на важном задании. Меня не должна была так возбуждать мысль о сексе с одним из тех огромных воинов с мощной грудью, золотой кожей и властным взглядом. Я не знала, кто мне достанется, но по телевизору *все* они казались огромными. И властными.

Но это действительно волновало и возбуждало, и я надеялась, что смогу получить хоть какое-то удовольствие от этой миссии. Если не получится, придется терпеть. Но если бы один из их огромных пленов время от времени доводил меня до безумного оргазма, что в этом плохого? Можно сказать, это положительная сторона работы. Я оставляю свою жизнь, свой дом, всю свою чертову планету на несколько лет. Могу же я попросить в качестве компенсации пару хороших оргазмов?

Я провела годы на службе своей стране, и была уверена в своей способности справиться с любой ситуацией, приспособиться к чему угодно. Я умела выживать, и более того, я не верила в их истории, как и никто из моего начальства. Какие доказательства? Где эти ужасные существа из Улья?

Командиры Коалиции показали нашим лидерам видеозаписи, которые мог слепить любой ребенок, у которого есть нужные программы. Никто на Земле никогда не видел солдата Улья во плоти, а командиры Коалиции отказались дать нам оружие и технологии, которые нам понадобятся, чтобы защитить себя.

Что касается меня, то я всегда была скептиком и прагматиком. Если нужно было сделать что-то для защиты моей страны, я делала это. Раньше меня беспокоили обычные проблемы: терроризм, глобальное потепление, нелегальные торговцы оружием, контрабанда наркотиков, международные хакеры, способные взять под контроль наши энергетические или банковские системы. А сейчас? Пришельцы. Это все еще не укладывалось в голове, несмотря на то, что я часами смотрела видео и интервью с их огромными золотыми командирами с планеты под названием Приллон-Прайм. Большие сексуальные куски мяса.

Итак... одна. Я видела *одну* расу инопланетян из предполагаемых сотен. Даже люди из центра обработки, эти Стражи, были людьми, которым, скорее всего, промыли мозги.

Для первого контакта воины Приллона не особо старались нас убедить. От них можно было ожидать и лучшей стратегии в области пропаганды. Или так, или им было наплевать, что мы подумаем, потому что они на самом деле говорили правду, и очень агрессивная и опасная раса инопланетян, здорово смахивающих на боргов из «Звездного пути», ждала своего часа, чтобы уничтожить жизнь на Земле.

Я придерживалась первой теории, но мы не могли исключить возможность второй. Земля не хотела быть *ассимилированной*.

Моя задача? Узнать правду. И единственный способ сделать это - отправиться в космос. Они пока не набирали солдат, так что мне, счастливице, пришлось идти другим путем. Через Программу Межзвездных невест.

Совсем не так я представляла свой большой день. Нет, я хотела обычного: смехотворно дорогое белое платье, цветы, банальная музыка на арфах, и на скамьях в церкви - куча родственников, которых я не видела десять лет, но которых все равно накормлю, потратив на это целое состояние.

Кстати, о свадьбах. Как, черт возьми, женщины, стоящие передо мной, могли выходить за инопланетян, когда еще пару месяцев назад человечество даже не знало, что они существуют?

- Как вы себя чувствуете? – спросила Страж Эгара, и я поняла, что несколько минут смотрела в пустоту, пока мои мысли вращались калейдоскопом в голове.

- Чувствую? - переспросила я.

На самом деле? Мне понадобилось немного времени,

чтобы оценить свое состояние. Моя киска текла, и скомканный халат, на котором я сидела, промок. Клитор пульсировал, и я только что пережила два самых невероятных оргазма в моей жизни. Как же хорошо быть шпионом.

- Как вам уже известно, вы - первая человеческая женщина, которая добровольно присоединилась к Программе Межзвездных невест, поэтому нам любопытно, что вы чувствовали во время обработки.

- Я ваш подопытный кролик?

Они заулыбались, но казалось, что говорила за всех только Страж Эгара.

- В каком-то роде, да. Пожалуйста, расскажите нам, как вы себя чувствуете после тестирования.

- Я чувствую себя нормально.

Я пробегала взглядом по их серьезным лицам, но только одна женщина с темными волосами, которая разбудила меня ото сна, Страж Эгара, откашлялась.

- Во время, э-э-э... симуляции...

Ах, так вот как они это называют.

- ...Переживали ли вы сон как посторонний свидетель? Или вы чувствовали все так, будто действительно находитесь там?

Я вздохнула. Что еще оставалось делать? Я *чувствовала*, что у меня только что был крышесносящий секс с двумя огромными инопланетными воинами... и мне это понравилось.

- Я была там. Все это происходило со мной.

- Итак, вы чувствовали себя невестой? И что ваш партнер овладел вами?

Овладел? Да это еще мягко сказано. Это было ... вау.

- Партнеры. И да.

Черт. Моя шея и щеки снова залились румянцем. Партнеры? Двое партнеров. Зачем я призналась в этом?

Плечи Стража расслабились.

- Два партнера, правильно?

- Да, я так и сказала.

Она хлопнула в ладони со счастливым облегчением на лице.

- Отлично! Вы были избраны для планеты Приллон-Прайм, так что, похоже, все работает отлично.

Значит, большой золотой воин, как те, что по телевизору? Годится. И как удобно, что меня не отправили ни к какой *другой* расе. Стоит задаться вопросом, существуют ли другие вообще.

Страж обратилась к одной из женщин:

- Страж Гомес, пожалуйста, сообщите Коалиции, что протокол интегрирован в человеческую популяцию и, по-видимому, полностью функционален. Мы сможем наладить обработку невест-добровольцев во всех семи центрах в течение нескольких недель.

- Конечно, Страж Эгара. С удовольствием, - ответила Страж Гомес. Она говорила с сильным португальским акцентом. - Я очень хочу вернуться в Рио и увидеться с моей семьей.

Страж Эгара счастливо вздохнула, отошла от меня и взяла планшетный монитор со стола в углу комнаты, прежде чем вернуться.

- Отлично. Поскольку вы являетесь первой женщиной, участвующей в программе, я надеюсь, вы проявите терпение, пока мы работаем над протоколами.

Она улыбнулась, и выражение ее лица было таким счастливым, будто отправить меня в космос и выдать замуж за инопланетянина, которого я никогда не встречала, было пределом ее мечтаний. Неужели все эти женщины *действительно* побывали замужем за пришельцами? Почему только они задают вопросы? Я хотела знать больше. Еще пару месяцев назад инопланетяне

были для нас маленькими зелеными человечками в
фильмах или отвратительными существами со щупаль-
цами, которые либо охотились на нас, либо откладывали
в нас личинки, которые потом разрывали нам грудь.

Тьфу. Я смотрела слишком много научно-фантастических фильмов. И теперь, когда я испугалась всерьез, я
решила, что сейчас самое время остановиться.

- Хм... мне нужно поговорить с отцом, прежде чем мы
пойдем дальше. Он будет волноваться.

- О, конечно! - она отступила назад и опустила планшет, держа его рядом с собой. - Вы должны попрощаться,
Аманда. Как только мы начнем протокол, вы будете
немедленно   обработаны   и   переправлены   по
назначению.

- Сегодня? Сейчас?

Вот черт. К «сейчас» я была совсем не готова.

Она кивнула.

- Да. Сейчас. Я приведу вашу семью.

Она оставила меня, и остальные женщины последо-
вали за ней. Я смотрела в потолок, сжимая и разжимая
кулаки, пытаясь сохранять спокойствие.

Мой отец? Черта с два. Он не был моим отцом, но
Страж этого не знала. Я не была дома в Нью-Йорке уже
два месяца. Дом? Это была скорее квартира, где я ноче-
вала, когда была не на задании. То есть... практически
никогда. Но, по крайней мере, я не буду по ней скучать.

Начальник вызвал меня во время моих единственных
трех выходных за последние три месяца и отвез прямо из
Нью-Йорка в Пентагон на два месяца интенсивной
подготовки. Когда я приземлилась в Майами, меня встречали на лимузине. Я должна была знать, что после обработки больше не вернусь домой. Черт, я и *знала*, но где-то
в глубине души все еще надеялась, что это какая-то
глупая шутка.

Это оказалась пустая надежда, и я ничего не могла с этим поделать. Не то чтобы можно было отказать Компании. Моя работа не из тех, где ты можешь просто уволиться. Это не мафия, но шпион тоже не может просто уйти в отставку и стать школьным учителем. *Всегда* было новое назначение. Работа. Новая угроза, новый враг.

Но отправить меня в космос в роли невесты инопланетянина? Это было чересчур даже для них. Тем не менее, я знала, почему меня выбрали. Я свободно говорила на пяти языках, была действующим полевым агентом в течение пяти лет и, что более важно, я была не замужем, у меня не было родственников и нечего терять. Мои родители давно умерли, и я была женщиной. Казалось, что инопланетяне просили только невест женского пола, и я задавалась вопросом, были ли среди них геи? Требуются ли воинам-геям невесты? Или они просто завязывают отношения со своими собратьями и этого им достаточно?

Так много вопросов без ответов. Вот почему они нуждались во мне.

Подопытный кролик? Жертвенный агнец? Ага. И то, и другое.

Тяжелая дверь распахнулась, и вошел мой начальник, за которым последовал человек, которого я тоже узнала, но мы были едва знакомы. Они оба были одеты в простые синие костюмы и белые рубашки, у одного желтый галстук, у другого с узором. У обоих были по-военному короткие стрижки с сединой на висках. Они были ничем не примечательными людьми, мимо которых пройдешь на оживленной улице и никогда не заметишь, если только не посмотришь им в глаза. Это были два самых опасных человека, которых я знала, а я встречала немало таких по работе. Президент выбрал их, чтобы они сделали все необходимое и выяснили правду об этой новой угрозе пришельцев.

Очевидно, я была не единственной, кто не купился на эту чушь «*мы здесь, чтобы спасти вас, просто дайте нам ваших солдат и ваших женщин*». Правительства Земли были не в восторге, и США с союзниками были полны решимости узнать правду. А так как я смешанного происхождения – отец ирландец, мать наполовину черная, наполовину азиатка - они все согласились, что я представляю большую часть человечества. Они попросили, чтобы я вызвалась добровольно.

Повезло же мне.

- Аманда.

- Роберт.

Я кивнула молчаливому человеку справа от него, не имея даже представления, настоящее ли это имя:

- Аллен.

Роберт прочистил горло.

- Как прошла обработка?

- Нормально. Страж Эгара говорит, что меня отправляют на Приллон-Прайм.

Аллен кивнул.

- Отлично. Воины Приллона командуют всем коалиционным флотом. Нам также сообщили, что они держат невест на своих линкорах, на фронте этой предполагаемой войны. У вас должен быть доступ к оружию, тактической информации и их самым передовым технологиям.

Замечательно. Две недели назад, когда я согласилась принять эту миссию, я была бы в восторге. Но сейчас? Мое сердце билось слишком быстро от мысли, что я получу неограниченный доступ к телам двух невероятно горячих, властных инопланетных воинов...

Роберт скрестил руки на груди и посмотрел на меня

сверху вниз, пытаясь выглядеть, как полагается заботливому отцу. Я раскусила это его притворство годы назад, но подыгрывала ему, а он продолжал:

- Программа невест уже запущена, но они еще не готовы приступить к обработке наших солдат для своей армии. Они не смогут провести отбор еще несколько дней. Как только они это сделают, мы отправим двух наших людей, чтобы они проникли в подразделение и помогли с твоей миссией. Люди уже выбраны. Это хорошие кадры, Аманда. Абсолютно чистые.

- Поняла.

Это означало специальных бойцов, настолько важных для национальной безопасности, что их официально не существовало. Они посылали суперсолдат, чтобы подстраховать меня. Я в постели врага, солдаты в их воинских частях.

- Так или иначе, узнай истинную степень угрозы Улья для Земли, отправь нам оружие и инженерные схемы с их кораблей и все остальное, что тебе удастся заполучить.

Я знала, что делать, но Роберт решил повторить приказы в последний раз.

Инопланетяне великодушно предлагали Земле защиту от Улья, но неоднократно отказывались делиться своими передовыми технологиями изготовления оружия или транспортеров. Земные правительства были недовольны. Не очень-то приятно быть на вершине мира, считаться сверхдержавой в течение десятилетий, а затем оказаться где-то на задворках. Люди теперь точно узнали, что они не одни. Вселенная полна планет, рас, культур и... врагов.

Роберт поднял руку и сжал мое плечо.

- Мы рассчитываем на тебя. Весь мир рассчитывает на тебя.

- Я знаю, сэр. Я не подведу вас.

Совсем никакого давления, да ведь?

Страж Эгара выбрала именно этот момент, чтобы вернуться. Ее сияющая улыбка была холодной и слишком наигранной. Не знаю, что она думала о моих двух посетителях, но что бы это ни было, она была явно недовольна.

- Итак, вы готовы, мисс Брайант?

- Да.

- Я вас попрошу, господа.

Когда мужчины в костюмах ушли, она повернулась ко мне с планшетом на коленях и теперь уже искренней улыбкой.

- Вы в порядке? Я знаю, как трудно оставлять свою семью.

Она посмотрела через плечо на закрытую дверь, и я поняла, что она имеет в виду Роберта, моего так называемого отца.

- Ох... да. Я в порядке. Мы не так ... близки.

Страж пристально изучала меня некоторое время, увидела, что я не слишком эмоционально реагирую, и продолжила:

- Хорошо. Итак, для начала протокола, пожалуйста, назовите свое имя.

- Аманда Брайант.

- Мисс Брайант, вы замужем или были замужем ранее?

- Нет.

Однажды я была обручена, но это закончилось в тот день, когда я рассказала своему жениху, чем зарабатываю на жизнь. Мне нельзя было рассказывать ему, что я шпион, так что сама виновата...

- У вас есть биологическое потомство?

- Нет.

Она несколько раз нажала на экран, не глядя на меня.

- Я должна сообщить вам, мисс Брайант, что у вас будет тридцать дней, чтобы принять или отклонить партнера, выбранного для вас протоколами подбора Программы Межзвездных невест.

- Хорошо. А если я его отклоню? Что будет? Меня отправят обратно на Землю?

- О нет. Вы больше не сможете вернуться на Землю. С этого момента вы не являетесь гражданкой Земли.

- Подождите, что?

Мне это совсем не понравилось. Никогда не вернуться? Никогда? Я рассчитывала поработать еще год-два, вернуться домой, уйти в отставку и залечь на пляже на несколько лет, попивая коктейли. Теперь я не смогу вернуться домой? Мое гражданство аннулировано? Такое вообще возможно?

Меня затрясло не от волнения или возбуждения, а от самого настоящего страха. Никто не предупредил, что я не вернусь. Они должны были знать. Боже, после пяти лет службы они просто отправляли меня в космос, как... благородную жертву? Эти придурки в агентстве так удобно забыли упомянуть эту маленькую деталь.

- Вы, мисс Брайант, теперь невеста воина с Приллон-Прайма, подчиняющаяся законам и обычаям этой планеты. Если вы не сойдетесь с вашим партнером, вы можете запросить нового основного партнера через тридцать дней. Вы можете продолжать процесс поиска на Приллон-Прайме, пока не найдете *подходящего* партнера.

Я потянула за наручники на столе, мысли в голове метались. Могу ли я сбежать? Могу ли передумать? Никогда? Никогда не вернуться домой? Осознание реальности всего происходящего давило так сильно, что я не могла дышать. От нехватки кислорода у меня закружилась голова.

- Мисс Брайант... О Боже, - рука Стража зависла над планшетом на несколько секунд, прежде чем она положила его на стол позади себя. - С вами все будет хорошо, дорогуша. Я обещаю.

Обещает? Она обещает, что со мной все будет хорошо, если меня отправят в космос и я никогда... никогда не вернусь домой?

Стена позади меня засветилась синим, а кресло подо мной дрогнуло и начало двигаться вбок, по направлению к свету.

Я не хотела смотреть. Вместо этого я закрыла глаза и сосредоточилась на дыхании. Я не поддавалась панике. Никогда. Это было совсем не в моем стиле.

Но то было до множественных оргазмов на этом чертовом кресле. И я никогда не мечтала о том, чтобы заняться сексом с двумя мужчинами одновременно. Ощущения с ними были совсем не похожи на то, что я когда-либо чувствовала на Земле. Будет ли это так? Смогут ли мои партнеры доставить мне такое удовольствие?

Теплые пальцы Стража мягко обхватили мое запястье. Я открыла глаза и увидела ее обеспокоенное лицо совсем рядом. Она улыбнулась мне, как учительница младших классов улыбается испуганному ребенку в первый день занятий.

- Не беспокойтесь так сильно. Совпадение на 99%. Ваш партнер будет идеальным для вас, а вы для него. Система работает. Когда вы проснетесь, вы будете со своим партнером. Он позаботится о вас. Вы будете счастливы, Аманда. Я обещаю.

- Но...

- Когда вы проснетесь, Аманда Брайант, ваше тело

будет подготовлено к брачным традициям планеты Приллон-Прайм и требованиям вашего супруга. Он будет ожидать вас, - ее голос стал деловым, как будто она наизусть повторяла другой протокол.

- Подождите, я... – я замолчала, когда две большие металлические руки с гигантскими иглами на концах появились по бокам от моего лица. - Что это?

Мой голос звучал испуганно, но я ничего не могла с этим поделать. Я ненавидела иглы.

- Не волнуйтесь, дорогая, они внедрят нейропроцессорные блоки, которые будут интегрироваться с языковыми центрами вашего мозга, позволяя вам говорить и понимать любой язык.

Хорошо. Черт возьми, похоже, мне сейчас вживят импланты, а это и есть их передовая технология. Я оставалась совершенно неподвижной, когда две иглы вонзились в виски прямо над ушами.

Если ничего другого не получится, я могла бы вернуться домой, и Роберт мог бы вырезать из моей головы эти проклятые чипы или что бы то ни было. Самое грустное – я знала, что он так и сделает.

Но что, если я никогда не вернусь? Что, если инопланетяне говорят правду? Что, если я влюблюсь в своего партнера...?

Мое кресло проскользнуло в маленькую закрытую со всех сторон кабинку и опустилось в теплую успокаивающую ванну со странной голубой водой. «Обработка начнется через три... два... один».

ГЛАВА 2

Командир Григг Закар, Флот Коалиции, Сектор 17

Корабль-разведчик Улья пронесся мимо правого крыла истребителя, и я пропустил его, гораздо больше обеспокоенный большим бронированным крейсером передо мной.

- Командный корабль Улья в радиусе действия. Начинаю атаку, - сообщил я своей команде на борту линкора «Закар», моего линкора, чтобы они могли скоординировать оставшиеся боевые крылья вокруг моей атаки.

- Только не делай глупостей на этот раз, - сухо ответил мой лучший друг и врач высокого ранга в этом секторе космоса, Конрав Закар. Рав, как я всегда называл его, был моим двоюродным братом. Мы сражались вместе более десяти лет, а дружили еще дольше.

Я не смог сдержаться и улыбнулся одним уголком рта. Надо же, даже в разгар битвы эта козлина умудряется меня развеселить.

- Но если сделаю, просто будь готов меня залатать.

- Когда-то я оставлю тебя истекать кровью, - усмехнулся он, и моя улыбка расплылась в широкую ухмылку за прозрачной маской шлема.

- Нет, не оставишь, - я осуждающе покачал головой. А затем нацелился на слабое место в днище корабля Улья и выстрелил из сонарной пушки, которая, как я надеялся, разнесет этого урода. Справа от меня двое пилотов из моего боевого крыла, сгруппировавшись, одновременно выстрелили из ионных пушек. Атака была такой яркой, что я чуть не ослеп.

В моем коммуникаторе послышались радостные крики, когда корабль Улья взорвался, разлетевшись на куски прямо у меня на глазах. Оставалось еще несколько разведывательных кораблей, которые нам нужно было отследить и убрать, но я не буду больше терять грузовые корабли или транспортные станции в этой солнечной системе. По крайней мере, не в ближайшее время и не пока я на посту.

- Отличная работа, командир, - судя по голосу Рава, он улыбался. - Теперь тащи свою задницу обратно на корабль, где ей и полагается находиться.

- Мое место здесь, в битве.

- Уже нет, - прогремел в шлеме голос моего помощника, капитана Триста. Он даже не пытался скрыть свое неодобрение.

Твою мать. Он был таким правильным, будто засунул весь устав себе в задницу.

- Если бы я не вылезал с мостика, Трист, ты бы сдох от скуки.

- Вы слишком много рискуете, командир. Это совершенно неоправданный риск. Вы несете ответственность за почти пять тысяч воинов, невест и их детей.

- Ну что ж, капитан, если я умру сегодня, они останутся в хороших руках.

Рав ответил:

- Нет. Они будут молить генерала Закара о пощаде.

- Понял. Теперь возвращаюсь на корабль.

Если бы меня убил Улей или, что еще хуже, схватил и заразил, мой отец, генерал Закар, явился бы сюда и взял на себя командование линкором. Может, я и лезу на рожон слишком часто, но мой отец был жестоким и безжалостным. Если он вернется на службу, количество жертв с обеих сторон вырастет в два, а то и три раза.

Мы изо всех сил старались сдержать Улей и остановить их продвижение в этом секторе космоса. Мой отец попытался бы разгромить их, отбросить назад. В ответ Улей отправил бы больше солдат и разведчиков. Ситуация бы снова накалилась, как раньше. Нам удалось растянуть их силы по разным секторам, и мы медленно ослабляли врага – не давали ему захватывать новые тела для ассимиляции и вместе с тем прореживали его ряды. Своей агрессией мой отец сведет на нет всю проработанную стратегию Коалиции, годы планирования и работы.

Мой отец слишком высокомерен и упрям, чтобы прислушиваться к здравому смыслу. Он всегда был таким.

Два моих младших брата все еще проходили боевую подготовку на нашей родной планете Приллон-Прайм. Они на десяток лет младше меня и не готовы сражаться. Если я погибну, отцу придется оставить пост советника Премьера и вернуться к службе здесь, на линии фронта. Он не допустит, чтобы наш именной линкор передали другому клану воинов. Мой отец скорее умрет, чем допустит, чтобы его семья опозорилась. Эта боевая группа носит имя Закар более шести сотен лет.

Трист не хотел бы потерять свою должность, а остальная команда не хотела бы этого, потому что... черт, просто генерал никому не нравился. Все это означало, что я должен был остаться в живых. Может, я и не белый и пушистый, но я делаю свою чертову работу.

Как командир, я не должен был выполнять боевые задачи. Но сидеть в кресле, выкрикивать приказы и наблюдать, как другие умирают за меня, мне не позволяла совесть. Если бы я знал, насколько это будет сложно, я бы сразу отказался от командования боевой группой. Я был самым молодым командиром столетия, и, как говорили многие, самым безрассудным. Другие генералы называли меня беспредельщиком. Но они не понимали. Мне нужно было бороться. Мне нужно было действовать. Иногда я не хотел думать, я просто хотел драться... или трахаться, и, поскольку у меня не было партнерши, я вымещал свою неуемную ярость на поле боя. Даже сейчас, после успешной миссии, мне полагалось бы успокоиться. *Расслабиться*. Этого не произошло. Я опять был слишком напряжен.

Может быть, теплая и податливая женщина с мягкой кожей и влажной киской могла бы соблазнить меня настолько, что я отказался бы от боевых вылетов.

Разведывательные группы Улья проникали на наши территории уже несколько недель. Они посылали команды из трех и шести бойцов, пробирались через наши защитные периметры, а потом окружали и атаковали транспортные станции и грузовые суда. Короче говоря, они портили мою репутацию.

Каждую чертову ночь отец выходил со мной на связь *после того*, как читал ежедневные отчеты разведки. Он говорил, что устал наблюдать за тем, как мой сектор сдает позиции в этой войне. Да ну на хрен!

Если этот напыщенный придурок опять свяжется со

мной сегодня вечером, у него будет повод поздравить меня с возвращением этой части космоса под наш контроль.

Я перевел взгляд на монитор отслеживания слева от меня и повернул маленький истребитель обратно к линкору, домой. Да, этот огромный металлический корабль был моим домом. Небольшие вспышки на экране и звучащие в шлеме ликующие воинственные вопли ясно говорили о том, что оставшиеся корабли Улья выслеживались и уничтожались.

Я дал команду Седьмому боевому крылу вернуться вместе со мной, в то время как два других боевых крыла остались, чтобы обнаружить и ликвидировать остальных врагов. Мы не брали пленных. Как только кто-то из наших попадал в Улей, он больше никогда не возвращался. Даже те, кто смогли выжить в Центрах интеграции Улья, были навсегда потеряны для нас. Они были заражены, и их отправляли в Колонию, где они доживали остаток своих дней, мертвые для всех остальных.

Нет. Я не брал пленных. Милосерднее было просто убивать их, и я с готовностью делал это.

- Командир, берегитесь! – предупреждение прозвучало в тот же самый момент, когда на моем истребителе раздался сигнал опасного сближения. Я почти не услышал его – мой корабль разорвался.

Он разлетелся с яркой вспышкой, а меня выбросило в черноту космоса. Только летный костюм спас мою жизнь. Я пережил немало приключений, но никогда еще не находился в центре взрыва такой силы. Меня выкинуло в глубокий космос на такой головокружительной скорости, что я успел решить: мне крышка.

- Командир? Вы меня слышите?

Меня крутило так быстро, что я не мог сориентироваться. Так быстро, что я не мог уследить за большой оранжево-красной звездой в центре этой планетной системы. Я не мог ничего сделать, не мог остановиться. Мои внутренности болезненно сдавило; было трудно дышать, и я не мог сдержать стона, пытаясь оставаться в сознании.

- Заберите его оттуда!
- Еще один корабль!

Я перестал следить за голосами, когда ослепляющий и обжигающий взрыв вспыхнул слева. Мимо пронеслись обломки корабля Улья – так быстро, что зарябило в глазах.

Острая боль опалила бедро, и я стиснул зубы. Судя по шипящему звуку, летный костюм терял давление, и драгоценный воздух уходил. Я похолодел. Система самовосстановления сразу же начала работать и запечатывать поврежденное место костюма, но я боялся, что она не успеет до того, как я потеряю весь кислород.

Меня продолжало крутить. Я закрыл глаза и попытался сосредоточиться на звуках стрельбы в шлеме. Подступила тошнота, желчь поднялась к горлу.

- Его подбили, капитан. Его костюм теряет целостность.
- Сколько?
- Меньше минуты.
- Транспортный, можешь захватить его в цель? - спросил Трист.
- Нет, сэр. Взрыв повредил его транспортный маячок.
- Кто рядом? Капитан Уайл, каков ваш статус?
- Обнаружено шесть новых истребителей Улья. Они направляются прямо к нему.
- Отрежьте их, - скомандовал Трист.
- Принято, - ответил капитан Уайл.
- Нет, - простонал я, когда Уайл отправил Четвертое

боевое крыло навстречу приближающимся истребителям Улья. Это было самоубийство.

- Черт! Заберите его оттуда. Сейчас же! – от крика Триста у меня едва не раскололась голова.

Телесные сенсоры подавали сигналы тревоги, как будто я сам, черт возьми, не знал, что мое кровяное давление и пульс подскочили выше крыши.

- Разрешите мне взять медицинский крейсер, - заговорил Рав.

- Нет времени. Уайл, захвати его тяговым лучом.

- Его костюм может не выдержать нагрузки, - возразил Рав.

- Может. Но если мы этого не сделаем, его схватит Улей, - ответил Трист.

Я решил вмешаться.

- К черту, - прошипел я. - Уайл, выполняй.

Лучше пусть меня разорвет в клочки, чем стать одним из киборгов Улья.

- Да, сэр.

Энергия тягового луча капитана ударила с такой силой, будто я врезался в кирпичную стену. Я стукнулся лбом о шлем. Сильно.

Перед глазами вспыхивали звезды, и я не мог сдержать крик боли—казалось, что левую ногу оторвало ниже колена. Взрывы звучали со всех сторон, и я считал их, чтобы оставаться в сознании.

После пятого я погрузился во тьму.

———

Доктор Конрав Закар, линкор Закар, пункт медицинской помощи

. . .

- Он мертв? - голос нового медика дрожал. Некогда было спрашивать его имя, да и мне было все равно.

- Заткнись и помоги мне вытащить его из костюма.

Стандартный летный костюм Коалиции был сделан из сверхпрочной черной брони, которую создавали установки спонтанного генерирования материи нашего корабля – мы их называли просто ГМ, или же С-Ген. Я успел отрезать один рукав лазерным скальпелем, когда следующее предложение молодого офицера вернуло меня к реальности.

- Почему бы нам не положить его в ГМ и не попросить корабль избавиться от костюма?

Гениально. Хотя этот тип мне все равно не нравится.

- Давай перенесем его.

Я подхватил Григга под мышки и поднял. Я был не слабее других воинов Приллона и мог бы нести его сам, но помощник шагнул вперед и придержал командира под коленями.

Он не умирает, нет. Он сделал свою работу там, на поле боя, и теперь я должен сделать свою. Не время думать о том, что если бы он не сорвался со своего командного мостика, я бы сейчас праздновал с остальными вместо того, чтобы возвращать этого идиота с того света. Какой же он безмозглый и упрямый!

Мы переместили Григга со всей возможной осторожностью и положили на черную платформу. Его броню тут же начала исследовать светло-зеленая сетка линий сканеров ГМ, чтобы мы могли снимать ее поэтапно. На внешнем слое брони было так много маленьких разрезов, что она казалась пушистой, а не гладкой и твердой. Кровь громко капала с его левого сапога и скапливалась на полу. Я плотнее стиснул зубы. Шлем был так покорежен, что я не мог открыть замки и снять его. Лицевое стекло было разбито, и я почти не видел лицо Григга за тысячами мелких трещин.

Если бы биомониторы не утверждали, что он все еще жив и его сердце все еще бьется, я бы никогда не поверил, что можно выжить в настолько помятой броне.

Я положил руку на панель активации и отдал кораблю команду снять с Григга костюм. Беспокоясь, я не сводил с него взгляда, пока не угас слабый зеленый свет вокруг его тела.

Когда все закончилось, Григг остался лежать на платформе голый и истекающий кровью. Мое сердце замерло.

- Хреново выглядишь, Григг.

Он был весь в крови, золотистая кожа – месиво оранжевого и красного. Его левая нога была распорота до кости между коленом и бедром, кровь выплескивалась на пол с каждым ударом сердца.

Опустившись на колени, я наложил на рану блокатор кровотечения. Это не вылечит его, но хотя бы не даст истечь кровью по пути к капсуле регенерации.

- Мне нужны еще помощники! - крикнул я. Подбежали ассистенты и другие работники.

- Помогите мне. Осторожнее с его ногой, - я снова поднял его, стараясь придерживать его голову, чтобы она не болталась, как у куклы. Мне помогли другие руки, и мы быстро подняли его со стола.

- В капсулу Реген?

- Да. Немедленно.

Мы двигались слаженно, и быстро перенесли его к большому резервуару в человеческий рост, который использовали для лечения самых тяжелых ранений.

- Разве мы не должны сначала усыпить его?

- Заткнись или уйди, - прорычал я.

- Есть, сэр.

Дверь в медицинский пункт открылась, и вошел капитан Трист. Он взглянул на Григга и резко остановился.

- Он умер?

- Нет. Но умрет, если мы не поместим его в капсулу.

Трист шагнул вперед между двумя медиками и помог поднять Григга под бедра. Если бы Григг был обыкновенным солдатом, нам не понадобилось бы пятеро, чтобы перенести его, но он был чертовым гигантом. Как и все, принадлежащие к классу воинов Приллон-Прайма, он был огромным - 130 килограмм чистой мышечной массы без малейшей примеси жира. Раса Приллона была создана для войны, а значит, мы были больше и сильнее почти всех остальных рас в Коалиции. Семья Закар была одним из старейших воинственных кланов на планете. Так что быть таким здоровенным чертякой у него на роду написано.

Я вздохнул с облегчением, когда мы опустили командира в ярко-синий свет капсулы. Прозрачная крышка автоматически закрылась над его побитым и изломанным телом; датчики сразу же начали работать. Мы отступили и осмотрели открытые ожоги и рваные раны на его лице, которые теперь были хорошо видны.

- Ему повезло, что он не потерял правый глаз, - медик, который помогал мне, привычными движениями изменял настройки панели управления, чтобы организм Григга излечился настолько быстро, насколько физически возможно.

- Ему повезло, что он не умер, - Трист хлопнул окровавленной ладонью по прозрачному корпусу.

Он повернулся ко мне, и я покачал головой:

- Не смотри на меня так.

- Ты его второй. Брат. Ты что, не можешь заставить его образумиться? Так больше не может продолжаться, -

от ярости Трист стал из бледно-желтого темно-золотым.
- Он командир этой боевой группы, а не пехотинец или
летчик-истребитель. Мы не можем потерять его.

- Он вдохновляет подчиненных, - почтительно
отозвался медик с другой стороны капсулы. - О нем
говорят в столовой. И не только. О нем говорят везде.

- Тебе обязательно находиться здесь? - спросил
Трист.

Медик посмотрел на панель мониторинга.

- Лечение проходит в нормальном режиме. Все
протоколы регенерации установлены.

- Тебе обязательно находиться здесь? - повторил
Трист.

- Технически - нет, - быстро ответил молодой ново-
бранец, и от страха его кожа побледнела до болезненно-
серого цвета, почти такого же, как и его униформа. На то
была веская причина. Капитан был почти таким же большим, как Григг, и в два раза злее.

- Оставь нас.

Через несколько секунд я остался наедине с капита-
ном, и он опустился в кресло в углу комнаты.

- Как мы можем остановить его? Он же ненормаль-
ный. Черт, он просто превращается в дикого зверя, как
гребаный атланский берсерк.

Теперь, когда опасность миновала, к облегчению
примешалась злость. Я сел рядом с Тристом, чтобы мы
оба могли следить за бессознательным телом командира.
Наши руки и форма были в крови.

- Мы не можем его остановить, - глядя на окровав-
ленные ладони, я боролся с желанием задушить Григга. Я
любил его как брата, но он не должен был допускать, чтобы
отцовская злоба толкала его на крайности. Он слишком
много рисковал. Он играл в очень опасную игру и проиг-

рывал. Он остался жив, так что это был не полный провал, но что в следующий раз? А потом? Когда-то ему не повезет. В следующий раз он действительно может умереть.

Мне это надоело. Тристу это надоело.

Я много думал об этом, и в голову приходило только одно решение, о котором я не говорил раньше. Между мной и Григгом не было никаких секретов, но этим я с ним не делился. Раздумывал. Откинул этот вариант в прошлом. Но теперь, когда Григг был в капсуле Реген и залечивал поврежденную бедренную артерию, сломанное бедро, сильное сотрясение мозга и еще черт знает что, время пришло.

- Мы не сможем убедить его остановиться, но его партнерша сможет.

Трист вытянул ноги перед собой.

- У него нет партнерши.

Я медленно повернулся к нему:

- Тогда мы должны ее найти.

- Как? - Трист тоже посмотрел на меня.

Я встал и зашагал по комнате.

- Сейчас ты командир.

Порядок наследования преподавали в первый день боевого обучения. Это не то, что я должен объяснять Тристу.

- И?

- Он командир флота Коалиции. Он имеет право запросить подходящую партнершу через Программу Межзвездных невест. Прикажи мне найти ему пару. Прикажи провести его через поисковый протокол.

Эта идея, кажется, поразила Триста. Это не его жизнь постоянно висела на волоске. Он привык продумывать все четко и методично.

- А когда он проснется?

Я улыбнулся. Я тоже продумал это четко и методично.

- Обработка проводится на уровне подсознания. Это будет похоже на сон. Он ничего не вспомнит, а когда все поймет, будет уже поздно. Он не будет знать, что мы сделали, пока невеста не прибудет сюда.

Трист улыбнулся. Черт возьми, мужик улыбнулся. Я никогда не видел, чтобы он улыбался – я думал, с его лицом что-то не так, и оно не может менять выражение.

- И тогда он будет слишком занят. Если он не будет вылезать из постели, то больше не попадет ни в какие неприятности, - Трист внимательно посмотрел на меня, а потом рассмеялся.

Я был так потрясен его реакцией, что почти не обратил внимания на его следующие слова.

- Сделай это, доктор. Найди ему партнершу. Это приказ.

ГЛАВА 3

Командир Григг, личный отсек, линкор «Закар»

Десятую ночь подряд я смотрел на потолок над кроватью и не мог уснуть. Я ждал. *Ее.*

Я не знал, кто она такая. Может быть, богиня? Плод моего воображения? Образ, который я представил себе, когда был на волоске от смерти?

Я знал только, что мне продолжали сниться ее нежная кожа и влажный жар ее киски. Я просыпался со стоном, взмокший и перевозбужденный. Член был твердым как камень, и я заканчивал начатое во снах парой-тройкой движений. Это происходило так быстро, будто я снова был озабоченным подростком.

Она преследовала меня.

Даже сейчас, во время четвертой смены, наименее активной смены в расписании корабля, когда большинство моих подчиненных спали, я не мог отдыхать. Я не мог отдыхать с тех пор, как проснулся в капсуле Реген под хмурым взглядом Рава и сердитым взглядом капитана Триста. Они не стали ничего говорить о том, что я опять был на волосок от смерти. Им и не нужно было. Отец кричал на меня два часа, пока его лицо не стало ярко-оранжевым от злости, и я боялся, что мои барабанные перепонки лопнут от его криков.

- Идите к черту. Вы все, - сказал я в пустоту. В просторном отсеке и кровати не было никого, кроме меня. Большой, огромной кровати, где могли поместиться еще двое или трое. Хоть я и легко мог найти женщину, которая согревала бы мою постель, я не хотел. Во всяком случае, раньше я никогда не переживал из-за этого.

Когда я был моложе, в увольнениях у меня было более чем достаточно женщин, которые меня полностью удовлетворяли. Но по мере того, как я взрослел и продвигался по службе, женщины стали ожидать большего. Им было недостаточно переспать с сильным молодым воином. Теперь они смотрели на меня с расчетом в глазах. Теперь я был командиром, а значит, *ценным* партнером. Они не хотели просто трахаться *со мной*, Григгом. Каждая хотела стать *парой* командира Приллона. Они хотели статуса, звания, богатства и власти.

Но ни к чему не обязывающий секс был намного проще, чем поиск постоянной пары. Спать можно было с кем угодно, ради удовольствия. С партнершей все было... намного серьезнее.

Я сжал в кулаке твердый ствол, пульсирующий и готовый к разрядке. Большим пальцем я натирал головку с каждым движением. Я знал, как быстро сделать себе приятно. Тело напряглось, у меня перехватило дыхание, когда в голове снова возник неясный образ из снов, и горячее семя залило руку.

Теперь, когда я сбросил напряжение, я со вздохом сбросил одеяло и, не одеваясь, пошел в прилегающую ванную комнату. Черт, я опять начинал заводиться. Может, со мной что-то не так? Я не собирался жаловаться Раву на постоянную эрекцию при мысли о красивой женщине. Я вздохнул и снова обхватил член рукой. Ага, конечно, так он мне и поверит. А если и поверит, то еще хуже - будет ржать надо мной.

Горячий душ должен расслабить меня и помочь уснуть, но сначала нужно что-то сделать с напряжением в яйцах, которое нарастало снова.

Я закрыл глаза и пустил горячую воду, которая заструилась по телу. Быстро помылся в тишине и комфорте. Нам не нужна была вода для купания, но мы продолжали придерживаться древней традиции по одной простой причине - удовольствие.

Возбуждение никуда не делось, на конце члена выступали капли смазки. Черт, а что если регенерация сработала слишком хорошо и дала мне охренительную потенцию, потому что раньше я никогда не восстанавливался так быстро? Я повернулся лицом к воде и прислонился спиной к стене душевой кабинки, снова сжимая член в ладони. Меня окружало тепло, и я попытался *вспомнить*.

Сон. Ее мокрую киску. Ее полную, круглую грудь. Необычный цвет ее кожи, странные и экзотические темные глаза и черные волосы. Она была не золотистой женщиной Приллона, а инопланетянкой. Необыкновенной. Красивой. Я раздвигал ее ноги и глубоко входил в ее горячую киску своим твердым...

- Командир! – в коммуникаторе ванной комнаты прозвучал взволнованный голос, и я замер. Черт возьми.

- Закар слушает, - прорычал я. В этот раз воспоминания были яснее. Я вспомнил больше подробностей, а теперь видение пропало, этот придурок испортил момент и образ снова исчез.

- Командир, чрезвычайная ситуация. Вы нужны в первом медпункте.

- Что случилось?

Наступила недолгая тишина, и я снова провел рукой по члену, потом еще раз, а потом зарычал. На этот раз у меня не было времени закончить. Мне придется упаковаться в форму, и жесткая черная броня сожмет мой злосчастный стояк, как тиски.

- Доктор Закар велел передать вам... я не могу этого сказать, сэр.

Я невольно гоготнул. Можно только представить, что мой ехидный двоюродный братец поручил этому парнишке передать мне.

- Не стесняйся. Что он сказал?

Офицер со вздохом ответил:

- Он сказал, чтобы вы тащили свою задницу в медпункт, и быстро. Ваша партнерша прибыла.

- *Моя кто?* – я повысил голос, и он эхом отозвался от стен маленькой ванной комнаты.

- Он приказал мне прервать связь. Простите, сэр, - коммуникатор отключился, и я по-быстрому ополоснулся и вытерся. Голова кружилась.

Моя партнерша? О чем, черт возьми, он говорил?

Несколько минут спустя я пронесся по зеленым коридорам, ведущим в первый медпункт. Мой двоюродный брат расхаживал перед дверями.

- Что за хрень, Рав?

Он повернулся на каблуках на звук моего голоса.

- Тысяча чертей, Григг. Какой же ты медленный, - Рав был напряжен и взволнован, глаза блестели то ли от беспокойства, то ли от страха, я не мог понять. Желание успокоить и приободрить его перевесило раздражение, пульс замедлился. Я положил руку на плечо Рава и сжал его.

- Я здесь. А теперь скажи мне, что тебе нужно.

Рав был в темно-зеленой форме доктора. Он закрыл глаза и глубоко вздохнул. Когда я убедился, что с ним все в порядке, я опустил руку и стал ждать.

Рав открыл глаза, и они все еще светились от чего-то непонятного.

- Она здесь.

- Кто?

- Ее зовут Аманда Брайант. Она с планеты Земля, которая недавно вступила в Коалицию.

- Кто она такая? Почему она здесь?

- Она твой совместимый партнер, Григг, - он сделал короткую паузу. - Наш партнер.

Я не мог дышать. Капсула. Сны. Черт возьми, эти сны. Мой член снова ожил. Сны были реальны. У нее было имя. Аманда Брайант.

- Что ты сделал?

Рав не ответил и отвернулся. Вместо того, чтобы объясниться, он вошел в медицинский пункт, и я последовал за ним. Дверь за нами тихо закрылась. Техника периодически издавала звуковые сигналы, но все медики работали тихо и эффективно. Я не сводил глаз с Рава и поэтому не мог подсчитать количество пациентов, но отделение могло вместить трех больных в критическом состоянии, плюс еще двадцать дополнительных коек; вокруг всех них суетились медики в серой форме, и была еще пара докторов в зеленом. Я не обратил на них внимания, ожидая от Рава ответа.

- Только то, что приказал капитан Трист.

Я ни капли не поверил ему. Трист следовал правилам. Рав - нет. Он послушался бы приказов Триста только если бы я вышел из строя, например...

Черт. Например, когда я был полумертвый и без сознания в капсуле Реген.

- Конрав? - я назвал его полным именем. Я *никогда* раньше не называл его так.

- Ты умирал.

- Рав! - рявкнул я, и медики всполошились.

- Она прекрасна, Григг, - сказал он почти... мечта-тельно? - Такая мягкая.

Он подошел ко мне ближе и понизил голос, чтобы слышал только я.

- У нее просто охренительные формы. Боже, ее киска розовая. И ее задница. Черт, я был готов взять ее с того момента, как ее переправили. Подожди, сейчас увидишь сам.

Тихий женский стон прозвучал со стороны одной из смотровых комнат, и мой ноющий член тут же отреаги-ровал на этот звук. Как ни удивительно, я узнал ее голос. Я слышал его во сне. Я кончил совсем недавно, до боли желая услышать этот звук.

Рав улыбнулся, как ребенок, собирающийся открыть самый большой подарок на свой день рождения:

- Она просыпается.

Несмотря на то, что вмешательство Рава и Триста меня раздражало, я был заинтригован и пошел за докто-ром, когда он отправился в смотровую комнату.

- Она моя?

- Да. Она подобрана по протоколу обработки Межзвездных невест. Почти стопроцентное соответ-ствие. Она идеально подходит тебе во всех отношениях.

Я чертовски устал от того, что Коалиция сует нос в каждую часть моей жизни, и здесь было то же самое. Так много протоколов, и все они безупречны. Как командир, я чертовски устал от протоколов. Вот почему я назначил Триста своим заместителем. Он любил все это дерьмо.

- Послушай, брат, я знаю, что ты взволнован, но я сомневаюсь...

Тут я увидел ее, мою невесту и будущую супругу, и резко остановился. Рав усмехнулся и прошел мимо меня, собирая свое медицинское оборудование.

- Зачем все это? - спросил я, и в голосе было больше восхищения, чем я хотел показать.

- Для обследования и проверки. Мне пришлось подождать, пока она проснется, и пока ты придешь.

Она была потрясающей. Густые волосы лежали темными локонами на подушке. Ее кожа была не золотой или желтой, как у женщины Приллона, а более нежного, более глубокого кремового оттенка. Она лежала на спине, на смотровом столе.

- Ее переправили прямо сюда?

Рав покачал головой.

- В транспортную комнату, но потом перевели сюда.

- В таком виде? – я взбесился, потому что она, *моя* женщина, была полностью обнажена. - Кто видел ее такой?

Рав быстро изменил выражение лица с жаждущего на беспристрастное, будто переключился обратно в режим доктора.

- Я был там, когда она прибыла. Я завернул ее в простыню, которая сейчас под ней.

Белая ткань свисала с краев стола.

- Никто не видел ее такой, кроме меня.

Я оглянулся - дверь была плотно закрыта.

- Правильно, Рав. Никто не должен видеть ее такой. Никогда, - последнее слово вырвалось с рыком. Инстинктивная потребность защитить ее разрасталась со скоростью и интенсивностью, на которые я не был способен до этого. Такая реакция была нелогичной, потому что официальная церемония бракосочетания должна быть засвидетельствована и благословлена избранными, доверенными воинами, которых приглашу я или Рав на этот священный ритуал. Но они будут наблюдать, как мы трахаем ее, берем ее, делаем своей, а не просто восхищаться ее прекрасным телом.

Ее лицо было нежнее и мягче, чем у любой женщины, которую я когда-либо встречал. Ее груди были полными и круглыми, а киска, как и обещал Рав, была необычного темно-розового цвета, которого я никогда раньше не видел. Мне вдруг захотелось наклониться и провести языком по нежным складкам, чтобы попробовать ее на вкус. Так и хотелось раздвинуть ее нежные бедра своими плечами и оттрахать ее языком. От этой мысли рот наполнился слюной.

- Как, говоришь, называется ее раса? - спросил я, не сводя с нее взгляда. Она зашевелилась, но глаза еще не открылись. Как будто она пробуждалась от сна, а не после переправки через всю галактику.

- Земляне. Она с Земли. Они называют свою расу людьми.

- Я никогда раньше не видел подобных женщин, - честно признался я. Она была прекрасной, притягательной, экзотической. С ней не сравнится ни одна женщина, которых я видел раньше.

- Она самая первая невеста с их планеты.

Это было так удивительно, что я взглянул, наконец, на Рава.

- Самая первая?

- Да, - он кивнул. - Земля получила временное членство в Коалиции несколько недель назад. Разведка Улья дошла уже до внешних территорий, до второй транспортной зоны.

Я все понял.

- Они хотели добраться до воинов в Колонии.

- Скорее всего, - Рав кивнул. - Но вместо этого нашли Землю. После их атаки Коалиция вынуждена была вступить в контакт с Землей. До последних недель земляне не знали, что во вселенной есть другие разумные существа.

Теперь я вспомнил отчеты. Маленькая планета. Говорят, красивая, с бело-голубыми завихрениями, но слишком примитивная.

- Земле запретили полноправное членство из-за ее недоразвитости, насколько я помню. Они отказались объединиться и избрать Премьера?

Рав придвинул свое медицинское оборудование ближе и кивнул:

- Да. Они все еще устанавливают границы и убивают друг друга из-за территории, как дикие звери. Но даже если она немного дикарка, будет неплохо отшлепать ее, чтобы приучить к порядку.

Сейчас он говорил не как доктор. В нем говорил мужчина, который впервые увидел свою невесту и отреагировал на нее, захотел ее.

Его мысли перекликались с моими. Но на случай, если ей не хватит порки от Рава, я бы заполнил эту розовую киску своим членом и трахал ее, пока она не начнет выкрикивать мое имя. Я хотел наполнить ее рот спермой, держать ее за волосы и гладить ее нежную шею, пока член входит в ее горло. Если мы действительно идеально совместимы, она оценит мое стремление к контролю. Значит, ей нравится немного жестче. Немного грубее. Ей бы понравилось, если бы над ней доминировали два воина.

Похоть и примитивное желание сделать ее своей вскипели во мне, как извержение вулкана, и я не смог сдержать рычание, которое эхом пронеслось по комнате.

Черт. Я все испортил.

От этого звука моя маленькая партнерша открыла глаза и настороженно посмотрела на меня со страхом, который мне совсем не нравился. Ее глаза были необычного темно-карего цвета, в них хотелось утонуть. Прямо сейчас они были прищурены, лицо выражало подозрение и опаску, и я понял, что хочу видеть у нее только одно выражение - желания, страсти, доверия.

И отчаяния, когда ей придется умолять о разрядке.

Думаю, это было целых четыре выражения.

- Черт, Григг. Не пугай ее. Я должен провести медицинское освидетельствование, и тогда мы сможем... поселить ее в твоем отсеке.

Я кивнул. Мне уже не терпелось уложить ее в постель, где мы сможем в первый раз взять ее по-настоящему. И я, и Рав сможем насладиться всеми возможностями, которые дает ошейник, который будет запечатан на ее шее, чтобы показать, что она наша.

Невеста переводила выразительный взгляд с Рава на меня и обратно. Она успела осмотреть комнату – лампы, инструменты, закрытую дверь, но не пыталась прикрыться, как будто состояние ее тела не имело значения.

Ее поведение показалось мне странным и интригующим.

Медленно, чтобы не напугать ее, я шагнул вперед и поклонился.

- Добро пожаловать. Я Григг, твой совместимый партнер, а это Конрав, мой второй.

Она не двигалась, но заговорила, и от ее голоса член напрягся еще сильнее.

- Аманда.

Ее имени было недостаточно. Я хотел услышать, как ее голос выкрикивает мое имя, хрипнет от удовольствия и срывается, когда она просит.

Наконец она посмотрела на себя и откашлялась.

- Черт, куда делись все мои волосы?

Ее кожа была действительно гладкой и безупречной.

Я не ответил, потому что не знал, как она выглядела раньше, но мне нравился мягкий блеск ее кожи и великолепный вид ее киски.

Она поймала мой взгляд и прокашлялась:

- Ну, не придется больше бриться. Неплохо.

Она сдвинула ноги плотнее, и я с трудом сдержал рвущийся наружу приказ. Я не хотел, чтобы ее ноги были сдвинуты, они должны быть открыты, широко открыты для моего члена, моего рта... для всего, что я хотел.

- Можно мне одеяло или еще что-то? Одежду?

- Еще нет, - я покачал головой. - Рав доктор. Сначала он должен провести обследование.

На гладком лбу появилась морщинка, когда она нахмурилась. Темные брови резко контрастировали с кремовой кожей. Ее лицо было совсем непохоже на наши - гладкое и круглое, с мягкими изгибами и впадинками, которые хотелось исследовать пальцами и губами. Я хотел попробовать ее кожу и убедиться, что ее вкус такой же сладкий и экзотический, как и ее запах. Она была как редкий цветок, который мне еще предстоит изучить.

- Меня обследовали в центре обработки, - она снова огляделась. - На Земле.

Рав усмехнулся.

– Нет, подруга. Флот требует, чтобы каждый новый член команды проходил полное медицинское обследование, - он взял небольшое устройство и проверил его на готовность. Я понятия не имел, для чего оно было.

Она снова нахмурилась, и мне захотелось протянуть руку и разгладить эту линию беспокойства. Она повернулась ко мне:

- Ты же сказал, что ты мой подходящий партнер.

- Да, - я кивнул.

Она посмотрела на Рава, и он поклонился, как и я ранее.

- Но...?

- Я доктор Конрав Закар, твой второй партнер, Аманда Брайант с Земли.

- Второй партнер? - ее лицо приобрело темно-розовый оттенок, не такой очаровательный, как ее киска, но все равно красивый. - Я не... о, Боже, - ее темные глаза метались по комнате, избегая нас, ее партнеров, и она забормотала про себя. - Этот сон. Черт. Этот сон. О Боже. Какая же я извращенка, и что теперь? Сразу двое? Черт. Роберт сказал, эта работа мне идеально подойдет. Посмотрела бы я, как бы он сам спал с двумя мужиками сразу. Я так не могу. Не могу.

ГЛАВА 4

Аманда

Я слышала о людях, которые пугались и начинали паниковать в новых ситуациях. Это было не про меня. Меня сравнивали с хамелеоном, ведь мое смешанное происхождение и владение языками помогали мне легко адаптироваться к любой среде, к любой работе. Но ни один хамелеон никогда не был в космосе. Это... это было настоящее безумие. Двое передо мной не были торговцами оружием, убийцами, русскими бандитами или даже китайскими мафиози. Они были инопланетянами. Самыми настоящими, из чертового космоса.

Они были большими. Черт возьми, они были большими. Больше двух метров, и мускулистыми, как ребята из регбийной команды. На стероидах. У них была золотистая кожа и глаза, совсем не как у людей. У самого большого, Григга, были темные глаза рыжевато-карего цвета и светло-каштановые волосы цвета карамели на мороженом. Они были совсем не похожи на маленьких зеленых человечков из научно-фантастических фильмов. По правде говоря, они были чертовски привлекательными. Красивыми. Крепкими. Огромными. И, как сказали, моими идеальными партнерами. Идеальными! Нас свел какой-то непонятный процесс тестирования, подумать только! С чего, черт возьми, они взяли, что я подхожу этим двум мужчинам? Причем говорили о полной совместимости, что мы идеально подходим друг другу.

А мой *второй* жених? Конрав, доктор? Он был почти таким же большим, с такими же острыми чертами лица и золотой кожей, но его глаза были похожи на светлый мед, а волосы были бледно-золотыми, настолько красивыми, что я с трудом отвела взгляд.

Только одно я знала наверняка - они были... невероятно сексуальны. Но сейчас это было не важно, потому что я была в космосе, а один из мужчин, Рав, водил надо мной каким-то мигающим сенсорным стержнем.

Я села и схватила простыню, на которой сидела – понятия не имею, почему она была подо мной, а не на мне.

- Ты слишком много думаешь. Согласно нашим новым данным о землянах, твой пульс ускорен, а артериальное давление слишком повышено, - сказал Конрав деловым тоном, а желание, которое я заметила в его глазах до этого, полностью исчезло. И это, по какой-то неизвестной и совершенно непостижимой причине, расстроило меня намного сильнее, чем тот факт, что я была в руках двух похотливых инопланетян.

Я посмотрела на него и отмахнулась от инструмента. Я была благодарна за странный процессор в моем мозгу, который сейчас вызывал слабую головную боль. Без него я совершенно не понимала бы, о чем они говорят.

- Ну, Конрав Закар, не обязательно быть доктором,

чтобы понять, что у меня учащается сердцебиение и повышается давление как следствие синдрома белого халата, знаешь?

- Ты можешь называть меня просто Рав.

- Убери от меня эту штуку.

Рав нахмурился.

- Я не слышал об этом синдроме. Он специфичен для землян? Он заразен? Биофильтры транспортной системы должны были устранить его.

Григг рассмеялся и прислонился к стене, скрестив руки.

- Я думаю, она имеет в виду, что нервничает, особенно в присутствии врачей.

- Именно. Врачи на Земле, по крайней мере, там, откуда я родом, носят белые халаты. Это стандартная форма в больницах.

Когда Рав понял, что я не собираюсь заразить всех какой-то странной земной болезнью, я продолжила:

- Слушай, я в порядке. Да, нервничаю немного. Я на космическом корабле, в космосе. Еще пару месяцев назад я даже не знала, что вы существуете. А теперь я здесь и не могу вернуться домой.

В голосе прозвучала безысходность. Я натянула на себя простыню и вздохнула. Да, одежду это не заменит, не стало ничуть не лучше.

Григг оттолкнулся от стены и встал рядом с Равом. Один был темнее, другой светлее. Григг был одет в черную броню, которую все воины Коалиции носили на фронте. Рав был в темно-зеленой рубашке и таких же брюках. Материал плотно облегал его широкую грудь, и он выглядел пугающе, невероятно сильным под своей одеждой, хотя она и была тоньше боевой брони Григга. Скорее всего, это тоже была униформа, потому что ни один мужчина не выбрал бы такую одежду добровольно.

Я не могла не думать, как они будут выглядеть голыми, когда я смогу рассмотреть их открытую грудь и плечи.

Что со мной не так? Я проснулась две минуты назад и уже хотела завалить обоих в постель.

- Этот корабль теперь твой дом. Мы будем твоей семьей. Как только ты получишь медицинское разрешение, мы сможем начать новую жизнь вместе, - пообещал Григг.

Я посмотрела на них и почувствовала себя очень маленькой. Под их взглядами так легко было ощутить себя женственной и желанной. Я никогда раньше не чувствовала такого с мужчиной. Никогда. Но это была не главная причина, почему я здесь. Нельзя было забывать об этом.

- Кстати, об этом. «Мы», - я провела пальцем в воздухе, показывая на одного и другого. – Эта часть меня смущает.

Григг посмотрел на Рава.

- У вас на Земле нет вторых партнеров? - спросил Рав.

- Вторых партнеров? Ты имеешь в виду групповой секс?

- Да, втроем. Ты принадлежишь нам обоим. Вскоре мы не только станем партнерами, но и проведем официальную церемонию бракосочетания, чтобы закрепить наши отношения.

Я покачала головой.

- На Земле нет группового секса навсегда. Обычно это на один раз. Некоторые пробуют такой секс ради развлечения.

- Ты имеешь в виду, что ты спишь с двумя мужчинами только ради развлечения, без брака? – спросил Рав.

Я широко раскрыла глаза, а щеки загорелись.

- Я? Нет. Нет, нет, нет. Я просто думала, что мне

найдут одного партнера, а не двух. На Земле, откуда я родом, иметь двух мужей незаконно.

- Незаконно? По закону от вас требуется только один? - Рав ухмыльнулся, и мне показалось, что теперь они оба загордились. – С двумя тебе понравится намного больше.

- Да, - добавил Григг, кивая. – Когда двое мужчин защищают тебя.

- Оберегают.

- Ухаживают.

Они продолжили список дальше.

- Трогают.

- Занимаются любовью.

- Пробуют на вкус.

- Заставляют кричать от удовольствия.

Последнее сказал Григг, таким низким, хриплым голосом, что по телу побежали мурашки.

На инструменте в руке Рава были спирали, и они засветились ярко-синим цветом. Он поднял его, провел им передо мной и усмехнулся:

- Тебе нравится эта идея.

Я попыталась отодвинуться дальше, но мои колени свисали с подножки, и я не могла отстраниться к изголовью, подальше от него. Мужчины сделали шаг вперед.

- Что? Нет. Нет, нет, нет.

- Ты слишком часто говоришь «нет», инопланетянка. Мы заставим тебя говорить «да» намного чаще, - сказал Григг, и его взгляд обещал мне все виды эротических пыток.

Ох черт, это было действительно горячо.

- Мне не нравится идея спать с вами двумя, - я безбожно врала, но я не знала этих мужчин, этих... инопланетян, и меня не должно так тянуть к ним. Не должна так заводить мысль о том, что они могут разложить меня как захотят прямо на этом столе и взять меня. Возможно, один в моей киске, а другой...

Свет инструмента изменился с синего на красный.

- Не лги нам, Аманда. Никогда. Мы должны говорить друг другу только правду. На первый раз мы тебя прощаем, но впредь ты будешь честной в своих нуждах и желаниях, или мы тебя накажем. И, что бы ты ни говорила, твое тело... - Григг указал на инструмент, - не лжет.

- Эта штука не может показать, чего я хочу.

Или может? Может, у них есть еще и устройства для чтения мыслей? Или чертова волшебная палочка к тому же?

- Он считывает все показатели твоего тела, - ответил Рав, наклонившись так близко, что я почувствовала жар его тела и вздрогнула. – Не только частоту сердечных сокращений и кровяное давление, но и уровень возбуждения, повышение температуры кожи и прилив крови к твоей розовой киске.

Я отбросила волосы за плечо:

- Там, откуда я родом, никто не измеряет пульс и уровень возбуждения одновременно. Они не считаются одинаково важными для выживания.

- Ах, вот здесь мы расходимся во мнениях. Если тебя не влечет к нам, если мы тебя не возбуждаем, не будет никакой связи, - от хриплого голоса Григга по коже снова побежали мурашки, а соски затвердели. Боже, как звучал бы этот голос, когда его член был бы глубоко во мне, и он бы приказал...

- Партнеры на всю жизнь, Аманда. Если не возникает связь, воины должны отдать свою невесту на попечение другому. Партнеру, который сможет возбудить ее, удовлетворить ее потребности и завоевать ее доверие. Поэтому, когда к нам доставляют новую невесту, очень важно убедиться, что она способна возбуждаться и достигать оргазма. Нам нужно знать, что состояние здоровья женщины позволяет ей чувствовать ожидаемое влечение и быть совместимой со своими партнерами.

Я приоткрыла рот и уставилась на них широко раскрытыми глазами, а потом взглянула на дверь.

- То есть, вы хотите трахнуть меня, якобы для вашего медицинского обследования?

- Не сейчас, Аманда Брайант. Я должен проверить твою нервную систему и реакции. И только потом мы трахнем тебя, - пообещал Рав, как будто я жаловалась. - Я прошу прощения за то, что мы не можем сразу перейти к сексу. Согласно протоколу обработки, мы должны сначала проверить тебя нашим медицинским оборудованием.

Я немного расслабилась. Конечно, они были горячи, но я не собиралась спать с ними прямо сейчас. Я не шлюха, и мне не хотелось, чтобы они думали обо мне так. Кроме того, это была работа. Просто работа. Я не должна забывать об этом. Да, я согласилась прибыть сюда и стать невестой инопланетян. Но в первую очередь я была шпионом. Я была верна своей стране, своей планете, мужчинам, женщинам и детям Земли, которых я защищала последние пять лет своей жизни. Они хотят подключить меня к какому-нибудь гаджету, который будет бить меня током? Плевать. Бывало и похуже.

- Может, я просто скажу вам, что вы горячие?

Они переглянулись, после чего Григг продолжил пожирать меня взглядом, а Рав заговорил:

- Температура нашего тела такая же, как и у землян, поэтому мне непонятно, почему ты считаешь, что мы перегрелись.

Я не могла не улыбнуться.

- Извините, земной сленг. Я думаю, что вы привлекательные мужчины.

Рав вздохнул. Это что, облегчение? Я даже не думала, что этих огромных инопланетных воинов будет беспокоить мое мнение о них. Что они будут волноваться, что я *их* не захочу. Это я здесь была пришельцем. Странным существом.

Можно было предположить, что их женщины под два метра ростом, с золотой кожей и телосложением спортсменов мирового уровня. А что я? Я была среднего роста, с темно-каштановыми волосами, немного вьющимися, из-за чего они всегда выглядели небрежно. Грудь среднего размера, слишком круглый зад, слишком мягкое все остальное. Идеальная внешность для шпиона, ничем не примечательная. Хотя мне нравились мои глаза - темно-карие, как шоколадная помадка. Но это была моя самая красивая часть. Все остальное было мягким и скучным, и я была далеко не того размера, к которому они привыкли у женщин.

Боже, и они ожидали, что я буду спать с ними обоими? Стану супругой для них обоих? Навсегда?

Вот черт. Моя киска предательски запульсировала и намокла, когда перед глазами всплыли фрагменты сна, который я видела в центре обработки. Все, о чем я сейчас могла думать, это Григг за моей спиной, его член глубоко во мне, его требовательный поцелуй, и язык Рава, который пробирается к моему...

- Этот тест должен быть легким, - игриво улыбнулся Рав, и я сжала бедра под тонкой простыней, а инструмент в его руке сходил с ума. - Ты позволишь мне проверить тебя сейчас, партнерша?

- Вы хотите проверить, привлекаете ли вы меня?

Плевать. Я уже признала это. Какой тест они могли провести? Они могли махать сотнями этих палочек в воздухе, мне было все равно. Мне просто нужно было достать один из этих инструментов и отправить его на

Землю. Я была почти уверена, что эта волшебная палочка была одной из тех технологий, в которых эти инопланетяне отказали нам.

- Да, - Рав кивнул. - Я должен проверить твой уровень совместимости и влечения. Это протокол, Аманда. Каждая невеста должна пройти его по прибытии.

Я пожала плечами.

- Отлично. Тогда давай.

- Хорошо, - ответил он. - Тогда ложись обратно на смотровой стол, на подушку. Да, вот так. Теперь подними руки и коснись стены за головой. Так, но ближе друг к другу.

Я устроилась на столе, поправив простыню так, чтобы она закрывала меня, и прижала ладони к стене. Странно, но ладно. Я могу приспособиться. Я - хамелеон.

———

КОНРАВ

Лицо Аманды изменилось, когда из стены появились наручники и защелкнулись на ее запястьях. Я догадался, что это не входило в процедуру стандартного медицинского осмотра на Земле. Когда она начала дергать руками, я забеспокоился.

- Аманда, успокойся, - я подошел к столу и убрал ее темные волосы с лица. - Тише.

- Это было совсем не обязательно. Уберите это!

Ее глаза были огромными и дикими.

- Они для твоей защиты, - сказал Григг. - Рав проведет тесты, и они должны быть точными. Лежи спокойно.

- Что вы собираетесь делать со мной?

Григг подошел к кровати с другой стороны и посмотрел на Аманду сверху вниз, погладил ее по руке.

- Это будет не больно.

- Только никаких игл. Я ненавижу иглы. Можете бить меня, топить, резать, но не приближайтесь ко мне с иглами.

Я покачал головой и смягчил голос, чтобы успокоить нашу партнершу. Ее кто-то бил? Нужно спросить об этом позже, но сейчас мне важно ее успокоить.

- Никаких игл.

- Только удовольствие, - добавил Григг, хотя он никогда раньше не присутствовал ни на одном из тестов.

Мы продолжали успокаивать ее и поглаживать, пока ее показатели не вернулись в норму. На стене над ее запястьями были цифры – наручники считывали ее биоритмы. Хотя пульс был немного ускорен, это было не страшно. Аманда права, у нее *есть* повод нервничать.

Если только она примет нужную позу, слова Григга будут правдой. Она не испытает ничего, кроме удовольствия.

Я нажал кнопку на стене и стол начал въезжать назад из-под ее ног. Нижняя треть исчезла, и ее круглый зад оказался на самом краю стола, именно там, где мне было нужно. Я взял ее за лодыжку и поднял ногу, придерживая, пока опоры для ног не встали в нужное положение. Григг взял ее другую ногу и последовал моему примеру.

- Мне не нужно гинекологическое обследование, - пробормотала она, поглядывая на нас, пока мы помещали ее в нужное положение. - И наши гинекологи не заковывают пациентов в наручники.

- Это не гинекологическое обследование, - сказал я, подкатывая тележку ближе, и взял с нее зонд для введения биопроцессоров. Григг следил за каждым моим движением, и я подавил раздражение. Для него это было в новинку, и она была его партнером тоже. Он должен был охранять и защищать ее.

- Это вставной зонд для вживления биоимплантов. Их два, один для мочевого пузыря и один для прямой кишки. С этого момента все биологические процессы твоего организма будут отслеживаться и контролироваться биорегуляционными блоками корабля.

- Я не понимаю, - грудь Аманды тяжело вздымалась, и мне потребовалось все мое самообладание, чтобы не отвлекаться. Мне хотелось прикоснуться к ее коже, попробовать ее на вкус. Мне было трудно контролировать себя, ведь так много лет я думал, что Григг никогда не выберет себе пару.

- Вся материя перерабатывается и повторно используется установками спонтанного генерирования материи, которые находятся на борту корабля. Эти имплантаты будут автоматически удалять отходы твоего тела для их последующей переработки, - я осторожно раздвинул края простыни, и они свесились вниз, снова обнажив роскошное тело.

- Что? - она опять начала сопротивляться и тянуть за наручники, удерживающие ее запястья. Все ее тело, казалось, состояло из соблазнительных изгибов. Талия была узкой по сравнению с широкими бедрами и очень полными, круглыми ягодицами. Они не поместились бы в ладонь, и я не мог дождаться, когда смогу отшлепать ее и посмотреть, как они будут колыхаться и покачиваться, как станут темно-розовыми, слушать ее стоны боли, которая сменится удовольствием, когда я широко раздвину их и овладею моей невестой.

Наверное, Григг заметил, что я отвлекся, и ответил ей сам:

- Тебе никогда больше не нужно будет очищать свое тело от отходов.

- Что? – это почему-то огорчило ее, и она сильнее потянула наручники. Ее груди качались из стороны в сторону, пока она пыталась вырваться на свободу.

- Аманда, в наручных удерживающих устройствах есть сенсоры, и их нельзя снять, пока я не закончу обследование, - я говорил своим самым спокойным, самым дружелюбным докторским тоном. - У меня есть также удерживающие устройства для щиколоток, но их единственная цель - обездвиживание. Ты можешь остаться в этом положении, или мне придется их использовать?

Она смотрела на меня так, как будто готова была задушить, как только с нее снимут наручники.

- Я буду лежать спокойно, - ответила она сквозь стиснутые зубы.

- Хорошая девочка, - сказал Григг, протянув руку, чтобы погладить ее по волосам.

Аманда отвернулась от прикосновения Григга, и я сделал вид, что не заметил, как его рука неуверенно застыла в воздухе. Я никогда не видел, чтобы Григг вел себя неуверенно, но я переживал неприязнь нашей невесты так же остро, как и он. Если сначала я надеялся на легкое и приятное бракосочетание, то сейчас в груди свернулось что-то холодное и голодное. Она была совсем не такой, как я ожидал. Она явно не хотела быть здесь.

Я надеялся, что невеста встретит нас с распростертыми объятиями и любящим сердцем. Я надеялся, что она будет такой нежной, что сможет успокоить ярость Григга. Но в Аманде не было ничего из этого. Она сопротивлялась, отвергала нас и боялась, и я задумался, а вдруг протоколы обработки невест допустили ошибку? Она была первой невестой с этой планеты. Возможно, систему нужно доработать.

- Не двигайся, Аманда. Я сейчас положу пальцы на

твою киску. Я должен проследить, чтобы ты получила полагающиеся биоимпланты.

Она не издавала ни звука, ее бедра были напряжены и дрожали. Будь то стресс или страх, ни один из вариантов мне не нравился. Я десятки раз проводил это обследование для других воинов на борту корабля, всегда с отстраненным чувством долга и радостью за воинов и их партнерш. Но на этот раз ее киска была моей. Ее задница была моей. Ее тело, ее огонь? Мои.

Ее ноги были согнуты, стопы упирались в опоры, а задница и киска выставлены на показ, и внезапно мне перехотелось изображать клиническую отрешенность. Она была нашей невестой, и я так сильно хотел доставить ей удовольствие, что забыл, как дышать, и не мог вспомнить, что должен был сделать. Боги, от терпкого запаха ее возбуждения член затвердел, как камень.

ГЛАВА 5

Конрав

- РАВ, - тон Григга был хриплым от желания, но он полностью контролировал себя. Я увидел, как его ноздри раздулись, когда он тоже почувствовал запах желания нашей невесты.

Она отворачивалась от нас, и ее тело так напряглось, что можно было подумать, будто ее принуждают. Но она дала разрешение, и, как мы ей и говорили, ее тело не лгало. Ей *нравилось* это новое положение, в котором она была уязвимой и открытой. Ее выдавал запах. С каждой секундой он становился все сильнее, как будто она чувствовала мой горячий взгляд на ее теле, чувствовала мои темные желания, которые подбивали меня отказаться от обязательной проверки, снять штаны и трахать ее, пока она не потеряет голову. Мы, обитатели Приллона, очень хорошо чувствуем своих партнеров. Чуем, когда они возбуждены и хотят нас. Таким образом мы всегда можем удовлетворить наших невест, чтобы те оставались счастливыми и довольными.

- Что? Что-то не так? - голос Аманды вернул меня в реальность, и я наклонился так, чтобы она могла видеть мое лицо, когда я отвечал ей.

- Нет, подруга, - я прочистил горло. – Приношу свои извинения. Я немедленно начну обследование.

Она откинула голову назад на стол, все еще не глядя на Григга, который стоял справа от нее с холодным и ничего не выражающим лицом. Я знал этот взгляд. Ему было больно, он скрывал это и готов был натворить глупостей, если я не займу его чем-то другим. Я знал, что он тоже чувствовал ее желание. Но, видимо, этого было недостаточно, чтобы успокоить его.

- Григг, подержи нашу невесту за руку. Первая часть может быть немного неприятной.

Оба послушались моей команды, но я знал, что они делают это только потому, что им больше нечем заняться. Тем не менее, большая рука Григга мягко взяла совсем маленькую и хрупкую, по сравнению с его, руку женщины. Я вздохнул с облегчением, когда ее пальцы переплелись с его; кремовый цвет резко контрастировал с темно-золотым.

- Хорошо, Аманда, - я снова был в режиме доктора. - Первая вставка будет стимулятором возбуждения. Затем последует нейростимулятор, а также биоимплант, который позаботится о твоем мочевом пузыре и влагалище.

Аманда уставилась на стену, игнорируя нас обоих.

- Звучит весело. Давай, покончим с этим.

Григг тихо зарычал, услышав ее обреченный ответ, но я поймал его взгляд и покачал головой. Очень важно возбудить нашу невесту и сделать так, чтобы она сама нас захотела. Сейчас она была напугана, она прибыла совсем недавно, и все было чужим. Она еще не поняла, как много она для нас значит, как сильно мы ее ценим. Но она поймет. Боги, да, она поймет. Возможно, прямо сейчас.

Я положил руку на внутреннюю сторону ее бедра. Ее кожа была мягче, чем все, что я когда-либо трогал. Когда она дернулась от моего прикосновения, я постарался не обижаться.

- Спокойно, Аманда. Я обещаю, что не будет никаких игл и никакой боли.

Она вздохнула и успокоилась, а я опустил руку ниже, к блестящей розовой киске, которую так хотелось попробовать на вкус. Мои яйца стали такими тяжелыми, что было уже больно, но я проигнорировал дискомфорт и поднес зонд к ее входу.

Медицинское устройство, вероятно, было прохладным на ощупь, и я осторожно раскрыл складки, а потом медленно погрузил зонд в ее жаркое нутро.

Одна из ее ног поднялась с опоры, и она выгнула спину.

- Какого черта? - ее голос звучал сердито и растерянно, но процедура была обязательной, и пропускать ее было нельзя.

Григг взял ее ногу и поставил обратно на опору.

- Не двигайся, подруга.

Когда зонд вошел в нее полностью, мягкие складки сомкнулись вокруг него, словно обнимая. Я положил обе ладони ей на бедра и попытался ее успокоить.

- Тест необходим по протоколу, Аманда. Прости за неудобства. Может, будет лучше, если я приглашу другого врача для прохождения теста?

- Нет! - ахнула она, будто это предложение поразило ее. Слава богам, потому что от мысли о том, что другой мужчина увидит ее такой, хотелось убивать. К тому же,

Григг не допустит этого. Она еще не была в безопасности, еще не была нашей. Мы не присвоили ее, не взяли ее, не надели на нее ошейник принадлежности. Она еще не кричала от удовольствия, не умоляла нас взять ее. Она была уязвимой и ничьей. И такой красивой, что я был уверен: стоит ей только выйти из медицинского пункта без нашего ошейника, как ее попытаются отбить.

Григг обхватил ее лодыжку, надежно удерживая ее на месте.

- Просто... просто поторопись.

Ее киска пульсировала, сжимаясь вокруг зонда от властного прикосновения Григга, а ее соки текли по этому устройству там, где оно было глубоко погружено в тело. Нейростимулятор и другие детали свисали с конца мертвым грузом, оставалось поместить их на ее тело и внутрь.

Я взялся за дело и закрепил устройство для введения биоимпланта и стимулятор клитора. Включив присоску, я начал с самой слабой вибрации и потянулся к смазке и зонду для введения анального биоимпланта.

Рискнув бросить короткий взгляд на лицо Аманды, я увидел, что она кусает губу и тяжело дышит. Ее глаза были плотно закрыты. Свободная рука сжималась в кулак и расслаблялась, снова и снова, как будто она считала или боролась с собой.

Обеспокоенный, я проверил биомониторы, чтобы убедиться, что она в безопасности. Она была в порядке, но температура тела немного повысилась, а возбуждение... Боги. Я посмотрел на Григга.

- Ее возбуждение приближается к шестидесяти процентам.

- Что это значит? – он нахмурился, не понимая моей восторженной реакции.

- Она более чем на полпути к оргазму, а я еще не начал тест.

Понимающая улыбка Григга выразила мои мысли по этому поводу: нам повезло. Похоже, нам досталась чрезвычайно чувствительная и страстная невеста.

Аманда выдохнула весь воздух из легких со свистом, как будто до этого она сдерживала дыхание, сопротивляясь своей реакции на нас. Я выдавил смазку на анальное устройство, которое было не намного больше моего большого пальца, и приложил кончик к мышечному кольцу.

- Ты когда-либо вставляла сюда что-то, подруга?
- Нет, - она испуганно покачала головой.

Мой член подпрыгнул от ее ответа. Мне досталась девственная задница. У Григга, как основного партнера, были исключительные права на ее киску, пока она не забеременеет нашим первым ребенком. После этого я тоже мог брать ее, трахать ее и надеяться, что мое семя пустит корни. До тех пор, как второй партнер, я имел право только на ее зад, рот, и остальные части. Когда мы возьмем ее на брачной церемонии, Григг займет ее киску, а я – эту тугую розовую... Я медленно и осторожно ввел в нее смазанный зонд.

Она не сопротивлялась, не издавала ни звука, когда зонд проник глубже, растянул ее, заполнил вторую ее дыру, пока Григг удерживал ее.

Наша храбрая невеста боролась с реакцией своего тела, но как только я убедился, что микроскопические биоимпланты вживлены, я отрегулировал управление присоски на клиторе и усилил вибрацию. Сильнее. Быстрее. Машина будет сосать, вибрировать, давить... делать все, что вызывает реакцию, пока она не кончит.

Она застонала, и я посмотрел на мониторы, отслеживающие реакцию.

- Семьдесят процентов. Восемьдесят.

Она приближалась к оргазму так быстро, как выстрел из ионной пушки. Во время тестов для других воинов я почти никогда не видел таких отзывчивых женщин. Боги, она была чертовски прекрасна и так разгорячена, что находилась на грани оргазма.

- Восемьдесят пять.

Григг отпустил ее руку и сжал ее грудь, массируя и оттягивая сосок. Она приподняла бедра над столом и была близка к кульминации. Очень близка. Для нас. Только для нас, ее партнеров.

- Выключи. Сейчас же.

———

Аманда

- Что?

Выключить? Что значит выключить? Огромный зонд был в моей киске, другой в заднице, и какая-то вибрирующая присоска вгрызалась в мой клитор, как оголодавший демон, толкая меня к оргазму, пока двое этих властных мужчин, которых я никогда раньше не встречала, нависали надо мной с таким видом, будто я принадлежала им.

Но, согласно варварским правилам этого инопланетного общества, я действительно принадлежала им. Как их партнерша. Их собственность, с которой они могли делать все, что захотят. В том числе - сводить меня с ума, а потом останавливаться. Я не хотела, чтобы они останавливались. Конечно, еще минуту назад я не хотела, чтобы они вообще начинали, но сейчас...

- Григг? – в голосе Рава отразилось замешательство, которое я тоже испытывала.

- Выключи.

Его командный тон дал понять, что он не потерпит возражений. Моя киска сжалась вокруг зонда от его властного голоса. Я не должна быть на грани оргазма только от этого грубого тона, я не должна хотеть услышать его снова. Но я хотела. Я была так близко, мое тело дрожало, киска горела, даже задница была растянута и наполнена. Ощущения были невыносимыми, и на глаза навернулись слезы. Я была в отчаянии, слабая и охваченная желанием.

Я никогда не была слабой.

Рав поправил что-то там, между моих ног, и все прекратилось, но мне все еще было тяжело дышать и хотелось кричать от разочарования. Я все еще была заполнена и жаждала большего, но вибрация и посасывание на клиторе полностью прекратились. Я осталась на краю оргазма, и это было худшей пыткой, какую только можно вообразить.

Я закусила губу и подавила стон, пытаясь не показывать свою слабость этим двум незнакомцам. Я не могла поверить, что вообще согласилась на это дурацкое обследование. Это было не похоже ни на одно обследование, которое я когда-либо проходила.

Чтобы остаться в таком жалком состоянии, на самом краю? Это было чертовски неловко. Если бы я начала просить, это унизило бы меня окончательно.

Я. Никогда. Не. Прошу.

- Ублюдок, - вырвалось у меня. Подходящее слово.

Григг зарычал в ответ, его грубая рука продолжила мять мою грудь, время от времени сжимая и отпуская чувствительный кончик, снова и снова.

- Смотри на меня.

Я закрыла глаза, отказываясь повернуть голову в его направлении.

- Смотри на меня.

Я покачала головой, все еще огорченная тем, что меня оставили в таком состоянии. Слабую. Нуждающуюся. Открытую. Потерявшую контроль.

Уязвимую.

Я почувствовала резкий сильный шлепок по внутренней стороне бедра, и жар от него прошел сквозь меня волной тепла, к которой я не была готова. Я резко открыла глаза. Сдержать звук, который вырвался из моего измученного тела, было просто невозможно. Мое нутро пульсировало от удовольствия, которое вызвала эта вспышка боли.

Монитор снова издал сигнал, и Рав поднял бровь.

- Девяносто.

Рука Григга оставила мою грудь и вплелась в волосы; он повернул мою голову к себе. Это добавило давления и власти, и я подкинула бедра, отчаянно желая, чтобы присоска снова включилась. Мне было *нужно* это.

- Смотри. На. Меня.

Я больше не могла отвергать его и посмотрела. Я была потрясена, увидев его лицо в нескольких дюймах от моего. Его губы были так близко, и я чувствовала мускусный запах его кожи. Мне до безумия хотелось попробовать его плоть на вкус. Наши взгляды встретились, и я увидела в его глазах нечто настолько первобытное и агрессивное, что тело застыло на месте, инстинктивно подчиняясь его власти еще до того, как он заговорил.

Я никогда не реагировала так раньше. Я встречала доминантных парней, которым нравилось все контролировать, но они никак не влияли на меня. С Григгом все было иначе. Его властность находила во мне ответ, и это испугало меня до чертиков. Прибор снова издал сигнал, а это означало, что мне еще и понравилось. Очень.

- Твое удовольствие принадлежит *мне*. Ты понимаешь?

Нет. Я действительно не понимала. В какую игру он играл, и почему я хотела присоединиться?

- Нет.

Его огромная горячая рука скользнула от моей лодыжки к бедру, к устройству над моим клитором, и он медленно, уверенно снял его.

- Тест окончен. Твоя киска моя. Каждый сантиметр твоей кожи мой. Твое удовольствие мое. Ты не будешь кончать от машины. И не будешь трогать себя. Ты будешь кончать только со мной или с Равом. Ты поняла?

Черт. Он что, серьезно?

Я не ответила, и он встал, расстегнул пуговицу на штанах и освободил свой огромный член. Мои глаза, должно быть, округлились от шока, когда он сжал себя в кулаке, стирая большую каплю смазки с конца. Он размазал жидкость по кончикам пальцев правой руки и гладил себя длинными движениями, пока я смотрела. Я не могла отвести взгляд.

Почти сразу же он выпустил свой член и шагнул вперед, положив свои покрытые смазкой пальцы туда, где несколько минут назад была присоска. На мой пуль-сирующий клитор. Он посмотрел на Рава, чье выражение лица сменилось с ошеломленного на понимающее, когда Григг заговорил.

- Биомониторы включены? Протоколы будут соблюдены?

- Да.

Очевидно, Григгу нужно было только это одно слово. Он обвел пальцами мой клитор, распределяя смазку, и опустился ниже, к краю зонда, где он выходил из моего тела. Сначала я не могла понять, какого черта он делал. Мне не нужна была смазка, я текла от возбуждения. Меня не нужно было возбуждать сильнее, так что...

Клитор вспыхнул огнем, и я задохнулась, вскидывая бедра под его умелыми прикосновениями. Непонятный жар побежал по венам. Соски мгновенно затвердели до боли. Губы были тяжелыми и налитыми, сердце бешено колотилось. Моя киска трепетала так быстро и сильно, что я не могла различить, когда заканчивался один спазм и начинался следующий. И возбуждение продолжало нарастать. После первого легкого кругового движения он сразу же начал медленно гладить меня, сильно надавливая, и даже один раз шлепнул по клитору, а затем продолжил тереть его горячими жесткими пальцами, пока я не заскулила.

Это было совсем не то же самое, что бесстрастное посасывание машины. Это был Григг, и он делал со мной то, что хотел, давая мне то, что мне было нужно. Я просто не знала этого, пока он не подтолкнул меня так близко к краю.

Тем не менее, я сдерживалась, чувствуя себя слишком грязной и порочной. Я не могла сдаться. Не могла. Это было чересчур, я отреклась бы от самой себя. Я не могла просто сдаться этим двум незнакомцам, которые хотели от меня и моего тела слишком многого.

Это было намного хуже, чем кончить от машины. Машина была бездушной. Это... Как я смогу оправдать эту похоть перед своим боссом? Как мое неудержимое желание поможет в моей миссии? Это был уже не осмотр у доктора. Это был Григг, мой партнер, заставляющий меня подчиниться его прикосновениям и заявляющий свои права на мое тело.

И я ломалась. Моя кожа взмокла от пота. Мое дыхание срывалось. Мой пульс колотился, и я едва сдерживалась. Это было слишком хорошо. Я меньше часа в космосе, и уже предавала своих людей этими грязными желаниями. Я хотела дать Григгу то, что он требовал, но не должна. Я не должна.

Я подняла глаза и увидела, как внимательно Григг смотрит на меня. Интересно, он считает мое дыхание или частоту пульса на шее? Его пальцы застыли на мокрых складках, и я ждала. Голова опустела. Я чувствовала себя такой потерянной. Я невольно подняла бедра, желая большего. Я хотела этого грубо. Агрессивно. *Сейчас же.*

- Сейчас я опущу голову и засосу твой твердый круглый сосок в рот. Я проведу по нему языком три раза, а потом втяну его так сильно, что на твоей коже останется клеймо.

Черт возьми. Киска снова сжалась. Я не могла двигаться. Не могла даже моргнуть. Речь шла всего лишь о дурацком засосе, почему это так горячо?

Григг опустил голову, и я почувствовала жар его дыхания над чувствительным кончиком моей груди.

- На счет три ты кончишь.

У меня не было времени думать или спорить, потому что он опустил голову ниже и втянул в рот мою нежную плоть, а его пальцы снова начали быстро и сильно тереть мой клитор. Я сама не поняла, как начала считать, потому что он дал мне разрешение, и я хотела этого слишком сильно. Это будет так приятно, и я так сильно нуждалась в этом.

Я не могла вспомнить, когда в последний раз кончала с другим человеком, а не от вибратора или собственных пальцев. Этого никогда не было с мужчиной, который *точно* знал, что делает. Если бы любой другой мужчина дал мне разрешение кончить, и самоуверенно думал бы, что я его послушаюсь, я бы ему врезала. Но с Григгом я считала.

Один.

Два.

Три.

Оргазм прокатился по телу, и он был настолько сильным, настолько полным, что я не поняла, стонала ли я, плакала или кричала. Возможно, все сразу. Не осталось ничего, кроме удовольствия; огня, охватившего меня с головы до ног. Мышцы так сильно сжимались и давили на зонд, заполняющий мою киску, что, в конце концов, вытолкнули его из тела.

Я медленно возвращалась в сознание. Григг нежно поглаживал меня по животу, покрывал самыми мягкими поцелуями грудь и шею, почти с благоговением.

Теперь моя киска была пустой, и это было неприятно. Я подтянула ноги в опорах, двинув бедрами в поисках большего.

Но Григг засунул свой все еще твердый член обратно в штаны, а Рав медленно вынул устройство из моей задницы. В тот момент, когда оно исчезло, наручники на запястьях открылись. Григг поднял меня на руки, как куклу, завернул в простыню и прижал к груди, а потом сел на стол. В этот раз я не сопротивлялась. Я не могла. У меня не осталось сил. Я чувствовала себя как желе.

Он массировал мои плечи, руки, запястья. Как он мог переключиться и стать таким нежным, если всего несколько минут назад был таким требовательным и властным?

Я не могла думать о нем или о том, что они сделали со мной. Что я чувствовала по этому поводу или что я чувствовала к ним. Я была слишком ошеломлена и слишком довольна. Разум был в тумане, как будто я только что проснулась от чудесного сна, и я не хотела портить момент. Не сейчас. Скоро я вернусь в реальность.

Рав положил свое оборудование в какой-то контейнер для обработки или очистки, или что там эти инопланетяне делали со своими использованными медицинскими приборами. Он повернулся к нам с тремя полосками ленты в руке: две были темно-синего цвета, и одна была черной.

Он положил их на стол рядом с нами и поднес к своей шее синюю полоску. Странная лента обвила его шею и образовала идеально облегающий ошейник. Он поднес вторую синюю ленту к Григгу, и тот покачал головой, отказываясь отпустить меня, чтобы взять ее.

- Не могу, сделай это сам.

Рав подошел к Григгу сзади и надел ленту ему на шею. Она тут же сжалась и повторила формы мускулистого тела моего основного партнера. Теперь они носили одинаковые ошейники.

Оставив только черную ленту, Рав обошел стол и протянул ее мне.

- Что это? - я с любопытством потянулась к черной ленте. Она напоминала теплый шелк, но оказалась толще земных лент. Это было больше похоже на ошейник для кошек, но шириной в пару сантиметров.

Рав ответил:

- Это твой брачный ошейник. Ты должна надеть его на шею. Мы не можем сделать это за тебя.

Я осмотрела простую черную полосу в замешательстве.

- Зачем? Для чего это?

Рав поднял руку, чтобы погладить меня по щеке, и я даже не дрогнула от этого простого жеста. После всего, что я только что пережила на этом столе, его ласка была как бальзам на душу.

- Это знак того, что ты наша. В течение тридцати дней он будет черным, пока ты находишься в процессе принятия своих партнеров. Как только мы завершим брачную церемонию, твой ошейник станет синим, как и наши. Это будет означать, что ты стала законной супругой членов клана воинов Закар, - он засиял от гордости. – Наш клан - одна из старейших и сильнейших семей Приллон-Прайма.

Ну, предположим, ура. Всегда мечтала войти в семью инопланетной знати.

- Что если я не надену его?

ГЛАВА 6

Аманда

Григг рыкнул, и, черт подери, моя киска предательски сжалась изо всех сил, теперь уже болезненно пустая.

— Если ты откажешься от ошейника, любой свободный мужчина, который тебя увидит, сможет начать ухаживать за тобой в течение тридцати дней.

Я могу позаботиться о себе, так в чем же проблема?

— Что если я откажу ему?

Рав вздохнул.

— Ты не имеешь права, Аманда. Тебя послали к нам по программе Межзвездных невест, ты официально невеста и будущая супруга, идеальная пара для воинов планеты Приллон-Прайм. Если ты откажешься от нас, другой мужчина имеет право ухаживать за тобой в течение тридцати дней. Уже слишком поздно менять свое решение. Если ты откажешься от одного мужчины, его заменят другим, потом следующим. Многие воины будут готовы биться насмерть и погибать за возможность ухаживать за тобой.

Какая глупость. Прямо средневековье.

- Биться? Насмерть? Это же безумие.

- Таков обычай. Если бы кто-то попытался забрать тебя, Аманда, я бы сражался за тебя в смертельном поединке. И я бы победил.

Интересно, Григг так уверен в этом потому, что он хороший боец, или потому, что я его идеальная пара?

- А если у меня будет дочь? Ее что, отдадут замуж сразу после рождения? Она никуда не сможет пойти без сопровождения мужчины? Это идиотизм.

- Конечно, нет, - ответ рокотом донесся из широкой груди. – Мы уважаем и ценим женщин. Женщин, рожденных на Приллоне, защищают все воины их клана до тех пор, пока они не достигнут брачного возраста и не решат взять брачный ошейник.

- А если все воины клана погибнут? Если она сирота? Или вдова?

Было уже поздно беспокоиться о деталях, но я просто не могла себе представить, как можно принести дочь в это безумие, если с ней будут обращаться как с собственностью. Конечно, я не собиралась рожать детей. Я здесь не для того, чтобы создавать семью. Нельзя забывать об этом. У меня есть работа. Но только я успела подумать об этом, как следующие слова Григга почти заставили меня улыбнуться.

- Это неуместный вопрос. Мы уничтожим любого мужчину, который посмотрит на нашу дочь.

Рав усмехнулся, но все же ответил мне:

- В случае, если все воины клана убиты, женщина может выбрать, к какой из семей воинов примкнуть для защиты. Мы никогда не оставляем наших женщин в одиночестве.

Это основная причина, по которой всем невестам Приллона на передовой дают двух партнеров. Если меня или Григга убьют, второй партнер будет продолжать любить и защищать тебя, заботиться о тебе и детях, если они будут.

- А что потом? Мне дадут еще одного партнера?

- Обычно, да. Если выживший партнер продолжает участвовать в боях, тебе позволят выбрать второго.

Я посмотрела на такую безобидную с виду полоску черной ленты в руке и выдохнула. Когда я соглашалась на это задание, я, кажется, переоценила себя.

Отправиться в космос? Конечно.

Пройти инопланетную программу подбора невесты? Без проблем.

Втереться в доверие моего нового партнера, а затем отправить информацию обратно на Землю? Уже совсем не так просто.

И при этом сохранять ясную голову? Профессионализм? Оставаться спокойной и контролировать все?

Как доказал недавний сногсшибательный оргазм, здесь я облажалась.

Рав наблюдал за мной так внимательно, словно хотел понять охватившие меня эмоции. Если у них был прибор, определяющий уровень возбуждения, возникал вопрос, нет ли у них гаджета для чтения мыслей? Если и есть, Рав им у меня перед носом не размахивал.

Он не мог знать, что я чувствую - гнев, разочарование, сожаление. Вину. Это удивило меня саму. Я знаю этих мужчин совсем недавно, и уже чувствую вину за свое неизбежное предательство. И почему? Потому что благодаря им я почувствовала себя прекрасной? Женственной? Пережила неземной – в буквальном смысле слова - оргазм и была готова стать рабыней своих желаний? Идиоткой, которая не может контролировать свои эмоции или свое тело? На службе я прошла через все круги ада, и не должна была так быстро отказываться от собственного достоинства.

И в то же время у меня было два великолепных мужчины, которые так сильно хотели меня. Они знали, как доставить мне удовольствие безо всякого прибора для стимуляции клитора. Разве я могу отказываться от того, что они готовы дать мне? Горячие, чертовски горячие оргазмы. Но ничто не мешало мне добывать информацию и заниматься сексом одновременно. Может быть, это мой долг перед всеми женщинами Земли – получить как можно больше «секса втроем», раз уж процесс получения так хорош.

- Это твой выбор, Аманда, - Рав кивнул на ошейник, - но клянусь, если ты его не наденешь, мы даже из медпункта не сможем выйти, не получив вызова.

- Но я подходила только вам. Зачем я другим воинам?

Григг расправил плечи, как будто готовился к бою.

- Потому что ты прекрасна, Аманда. И ты свободная невеста. Женщины здесь редкость. Воины будут готовы рискнуть и утащить тебя к себе в постель, чтобы убедить тебя.

Мне хотелось вернуть себе немного контроля, воспротивиться, надавить на них так, как они сами только что давили на меня на этом чертовом столе, и я задала еще один вопрос:

- Что, если я не хочу надевать это?

Светлые медово-золотые глаза Рава, обычно спокойного и ласкового, потемнели, становясь темно-янтарными.

- Тогда Григг и я будем сражаться с каждым воином, который встретится нам по пути отсюда в наш личный отсек, если понадобится.

Я фыркнула от смеха, но лицо Рава было совершенно серьезным. Я повернулась в объятиях Григга и увидела у него такое же мрачное выражение. Они не шутили.

- Значит, смертельный поединок? - спросила я.

- Я не знаю, как это происходит на Земле, но брачный процесс – вещь серьезная. Жизненно важная. Заложенная в нас природой. У нас есть преимущество, потому что тебя нам подобрали. Мы знаем, что ты идеальна для нас, - пояснил Рав.

- Мы убьем каждого воина, который попытается отнять тебя у нас, - добавил Григг. - Ты наша.

Боже, во что же я ввязалась? Чтобы выйти из комнаты, мне придется надеть ошейник. А если я этого не сделаю, может начаться бойня. Раньше мужчины никогда не дрались за меня, да и, по словам Рава и Григга, это было совсем не похоже на драку в баре. Они ясно сказали «биться насмерть», а я не хотела, чтобы кто-нибудь пострадал. Значит, я должна надеть ошейник, чтобы никто не погиб, и приступить к работе. Ну и потрахаться в процессе.

В то же время я чувствовала, что это важно для Рава и Григга. Дело не просто в дурацком украшении. Это было символом их... обладания мной. Для них это было действительно важно, а я собиралась просто надеть ошейник, чтобы от меня отвязались. Я опять почувствовала себя виноватой.

С неожиданной дрожью в руках я поднесла ошейник к шее и обернула его вокруг, как делали они. Концы сами собой соединились, и, казалось, теперь лента становилась теплее, влажнее, как будто она таяла и сливалась с кожей...

Несколько секунд спустя я ахнула - мой разум и тело начали переполнять новые чувства, которые принадлежали не мне. Похоть. Голод. Первобытное желание охотиться, защищать, спариваться.

Эмоции и желания заполнили мой разум, и их было слишком много.

- Что происходит? – меня затошнило. Комната кружилась. Я словно тонула. Я закрыла рот рукой.

- Дыши, Аманда. Я здесь, - голос Григга стал якорем, и я отчаянно цеплялась за него в попытке остановить круговорот новых чувств и ощущений.

- Закрой свои эмоции, Григг. Ты потопишь нас обоих, - заговорил Рав.

- Я не могу. Не могу, пока не возьму ее.

Рав выругался, когда Григг встал и понес меня из маленькой смотровой комнаты в суету переполненного медицинского отделения. Не меньше десяти пациентов и медиков с любопытством проводили нас взглядами. Я увидела двух других, одетых в такую же зеленую форму, как у Рава: мужчину той же расы, большого и золотистого, и женщину пониже с парой золотых браслетов на запястьях и длинными вишнево-рыжими волосами, плотно стянутыми в косу до бедер. Пациенты были в основном огромными воинами, их черные боевые доспехи лежали вокруг, разобранные на куски, и их мощные обнаженные грудные клетки вздымались от боли.

Я была всего лишь слабой женщиной, все еще возбужденной после невероятного оргазма. И не смотреть было выше моих сил. Я была помолвленной, но не мертвой.

- Закрой глаза, Аманда. Немедленно, или мне придется напомнить тебя, кому именно принадлежит твоя мокрая киска, - прозвучал приказ Григга. Я ухмыльнулась, когда сообразила, что он ощутил через ошейник мои чувства при взгляде на одного из этих привлекательных великанов. Я послушалась - не хотелось попадать в неприятности из-за того, что я пялилась на самого крупного мужчину, которого я когда-либо видела в своей жизни.

- Какой он расы?

Григг рыкнул и продолжил идти, но мне ответил Рав. Кажется, это было у них обычным делом.

- Он военачальник Атлана. Это одна из немногих рас, воины которой превосходят обитателей Приллона в размерах.

Григг крепче сжал меня в объятиях и, наконец, смог выдать что-то кроме рычания:

- Атланы - свирепые воины. Они отвечают за все пехотные подразделения Коалиции. Они сражаются с Ульем на земле, в ближнем бою. Это военачальник Максус. Он бился на нашей стороне в течение семи лет и скоро покинет нас, его лихорадка скоро начнется.

- Лихорадка?

- Брачная лихорадка. Если воины Атлана не находят себе партнершу, которая способна их контролировать, они превращаются в зверей, гигантских берсеркеров, на треть больше того, что ты видела.

- Их партнерши контролируют их?

- Да, можно сказать и так. Их партнерши – единственные, кто могут утихомирить их ярость. Без пары они теряют контроль над собой, и ничего не остается, кроме как их прикончить.

Что за черт? Прикончить? Как бешеных собак?

- В смысле, убить? Ты что, шутишь? Это жестоко.

- Нет, это необходимо. Ты больше не на Земле. Ты даже не в той же галактике. Здесь мы боремся за выживание, мы боремся, чтобы защитить все миры Коалиции, включая вашу Землю, от участи, которая хуже смерти. У нас нет времени на шутки. Атлан в режиме берсерка убил шесть воинов из моей первой команды, прежде чем я застрелил его. Он был моим другом, с которым вместе я сражался и которому доверял. Мои колебания стоили жизней, Аманда. Атланы живут по другому кодексу чести. Это строгий кодекс, предназначенный для защиты всего, за что они борются. Когда он лежал, истекая кровью, он поблагодарил меня.

Я попыталась представить себе силу убеждения, глубину боли, которую он должен был чувствовать, предавая смерти друга, и сердце заболело от сочувствия к воину, несущему меня. Человечество многого не знало и не понимало об инопланетных воинах, под властью которых мы теперь жили. Но ведь по большей части именно ради этого я здесь и нахожусь – чтобы узнавать и понимать больше и отправлять информацию на Землю.

Я услышала, как открылась и закрылась одна дверь, затем другая. Вскоре слабый наружный шум стих, и Григг поставил меня на ноги. Я не могла понять, почему, но я все еще слушалась его приказа и не открывала глаза. Его история огорчила и расстроила меня. Мне даже стало его жалко. Он был таким же упрямым и преданным своим убеждениям, как и я.

Я не должна привязываться к нему. Не должна сочувствовать ему. Но сегодня, кажется, был не тот день, когда можно оставаться сильной и непоколебимой. Может быть, все дело в ошейнике, а может, мне просто *нравятся* эти люди. Возможно, их понятие чести и долга не так уж отличается от наших солдат.

Нет, они не люди. Они инопланетяне. И не факт, что они правы. Солдаты просто выполняют приказы. К счастью или к сожалению, так было всегда. И эти воины, мои партнеры, были прежде всего солдатами. Я должна была выяснить мотивы и намерения тех, кто отдавал приказы.

Как только я встала на ноги, простыня упала на пол. Руки Григга все еще обхватывали меня, прижимая ближе, и моя щека касалась его груди. Я слышала громкий стук его сердца, которое звучало совсем как человеческое, и это почему-то успокаивало, даже при том, что между нами была его жесткая униформа. Он провел ладонями по моей спине вверх и вниз, прослеживая изгибы до самой поясницы, а затем снова к плечам, как будто прикосновения к моей коже успокаивали его.

- Рав? - голос Григга был мягче, чем когда-либо. В одном этом слове было извинение и сожаление – я услышала это в том эмоциональном торнадо, которое мне приходилось чувствовать из-за ошейника.

- Да? - доктор быстро оказался позади меня, и его жар опалил мою спину.

- Я не могу контролировать себя.

- Я знаю.

- Возьми ее, - Григг слегка отодвинулся, осорожно подталкивая меня назад, в объятия Рава. - Открой глаза, Аманда.

Я увидела, как он отступает и садится в большое кресло рядом с еще большего размера кроватью. Его взгляд, казалось, мог бы прожечь во мне дыру, и в его груди нарастало волнение, словно лава собиралась в жерле вулкана перед извержением. Я чувствовала это, чувствовала силу этого волнения благодаря ошейнику.

- Что ты делаешь? Я не понимаю.

Я знала, что его член был твердым, как камень, и он отчаянно хотел заполнить меня. Я знала, что он так сильно хотел дотронуться до меня, что боялся сделать мне больно, если дотронется. Он боялся, боялся потерять контроль, боялся быть слишком грубым и напугать меня. Когда он начал раздеваться, мой рот тут же наполнился слюной от вида его огромных мышц на груди и спине.

Рав обнял меня, и я не была уверена, пытается ли он так удержать меня от побега, или просто хочет потрогать. Он прижал меня к себе, спиной к груди. Григг освободился от штанов, ногой отбросил их в сторону, и я снова увидела его огромный член, напряженный от желания. Он был толстым и налитым, с большой широкой головкой. На стволе пульсировала выпуклая артерия. Я увидела каплю смазки на кончике и проследила, как она соскользнула вниз по гладкой коже. Я облизнулась: невозможно было не представлять себе, какой бы эта маленькая жемчужная капля была на вкус, когда член проник бы в мое горло, или терся бы об мою грудь. И мое тело снова вспыхнуло. Раньше эта жидкость каким-то образом распалила мой клитор, и я знала, что с остальным будет так же.

Руки Рава накрыли мою обнаженную грудь, и Григг, наблюдающий за каждым движением, вздрогнул.

- Да, Рав. Мы возьмем ее сейчас. Трахни ее. Делай то, что я тебе говорю, в точности, - прорычал Григг.

Через странную связь, созданную ошейниками, я почувствовала, что Рава рассердило бесцеремонное требование Григга. Ошейники были мощным и возбуждающим устройством. Я чувствовала, *знала* вещи, которые не должна была знать – ведь я только что сюда прибыла. Почему-то я знала, что Рав привык слушаться приказов своего командира и будет делать все, что он скажет - даже трахать меня. Выполнить такой приказ будет несложно, потому что он слишком хотел дотронуться до меня и не мог отказаться. Твердый, толстый член, плотно прижимающийся к моей спине, говорил о том, что Рав более чем готов сделать все, что захочет Григг. Мы оба оказались в полной власти Григга - а я, определенно, во власти их обоих - и от одной этой мысли стало настолько горячо, что я задрожала.

Григг откинулся на спинку кресла, член по стойке смирно, и широко развел колени, положив руки на подлокотники, как король, сидящий на троне. Король приказал:

- Подними ее и отнеси к краю кровати. Положи ее на спину так, чтобы голова свисала с края. Я хочу, чтобы она смотрела на меня.

Я не сопротивлялась, когда Рав поднял меня и отнес на огромную кровать. Постельное белье было мягким, темно-синим, чуть светлее, чем ошейники моих партнеров. Рав положил меня на спину, как было приказано, и моя голова свесилась с края. Теперь я смотрела на член Григга, на его огромную мускулистую грудь и золотистое лицо. В тусклом свете его глаза, пожирающие меня, казались почти черными. Он задержался взглядом на моей вздымающейся груди, а когда наши глаза встретились, меня встряхнуло от внезапной силы похоти, пронзившей меня.

Боже, эти ошейники прекрасны. Я знала, просто знала, как сильно мои партнеры хотят меня. Это была не игра. Это все было на самом деле.

Ухмылка Григга была дерзкой и самодовольной, и я рассматривала лицо этого мужчины, которого только что встретила и которому собиралась отдаться.

- Тебе нравится, когда я смотрю, Аманда?

Что? Да я ни за что! Я ни за что не признаюсь в этом.

- Нет.

- Твоя киска намокает от этого?

- Нет.

Какого черта он от меня хочет? Я уже голая, на спине, в их власти. А теперь он хочет, чтобы я сказала, что хочу его. Что хочу, чтобы он наблюдал за мной, как какая-то извращенка? Нет, ни за что. Я знала, что Рав стоит на коленях у моих ног, ожидая разрешения, и от этого ожидания нам обоим чертовски тяжело дышать.

Григг прищурился.

- Ты хочешь, чтобы мы остановились?

Черт. Нет. Я не хочу. Я хочу их, что бы они ни планировали со мной сделать. Я никогда не собиралась иметь двух партнеров, позволять им полностью контролировать меня. Меня тревожило, что я так сильно этого хотела теперь. Но я зашла слишком далеко, чтобы остановиться. Я была здесь, в космосе. И эти мужчины были моими. Черт, они были моими.

- Я чувствую ложь через ошейник, Аманда. Твой разум может попытаться отказаться, но твое тело никогда не солжет мне или Раву. Ты уже солгала однажды. Ты не должна делать это снова. Я спрашиваю еще раз: ты хочешь, чтобы мы остановились?

Я чувствовала их власть, их желание, их силу, их возбуждение через ошейник, а это означало, что они точно так же чувствовали мои. Я не могла спрятаться. Я могла обнажить свое тело, но ошейник обнажал мою душу. Я облизнула губы и призналась в том, чего больше не могла отрицать:

- Нет. Не останавливайтесь.

Удовлетворенный, Григг по-прежнему смотрел мне в глаза, когда отдавал следующий приказ Раву:

- Раздвинь ее ноги и скажи мне, намокла ли она.

ГЛАВА 7

Аманда

Твердые руки Рава легли на мои согнутые колени и широко развели ноги в стороны, почти прижимая оба бедра к постели. Я была гибкой и внезапно очень обрадовалась строгим тренировкам, которые так и не помогли похудеть, но поддерживали гибкость и готовность к...

- О Боже.

Язык Рава глубоко проник в мою влажную киску, и я выгнулась так, что приподнялась с кровати. Черт возьми, ни один мужчина не должен иметь такой толстый, такой длинный язык. Я подняла голову, чтобы посмотреть на него.

- Смотри на меня, - от приказа Григга я невольно сжалась вокруг языка Рава, и оба партнера застонали, когда их затопило моим возбуждением, переданным через ошейники. Язык Рава гладил меня изнутри и снаружи, дразнил клитор, а затем продолжал трахать.

Поверхность языка была более шероховатой и грубой, чем у людей, и Рав действовал им умело.

Он остановился и обратился к Григгу:

- Она такая мокрая, что ее соки покрывают мой язык, как вино.

При этих словах Григг приподнял одну бровь.

- Попробуй ее снова, Рав. Лижи, пока у нее не задрожат ноги, а киска не разбухнет так, что твой язык будет входить с трудом.

Рав снова принялся за дело, и я задрожала, кусая губу, чтобы не вырвались стоны удовольствия. Опустив голову, я снова посмотрела на Григга, который наблюдал за тем, как я извивалась, и от зрительного контакта я еще сильнее теряла голову. Меня не должен сводить с ума его голодный взгляд. Я не должна сгорать от одной только мысли, что он наблюдает за тем, как Рав трахает меня языком, но я ничего не могла с собой поделать. Я знала, что если это продолжится, я буду умолять его взять меня. Прикоснуться ко мне. Я чувствовала себя извращенкой, очень плохой, дрянной девчонкой.

- Пососи ее клитор, Рав. Дразни ее, но не давай кончить.

Я помотала головой. Мне совсем не нравился его приказ, я очень хотела кончить, но не могла оторвать взгляда от Григга, который пристально наблюдал за мной. Он замечал все, каждую мелочь. Я чувствовала, как будто он проник в мой разум. Он заметил, когда язык Рава коснулся чувствительного места, и меня подкинуло от удовольствия. Он смотрел и хмурился, когда я закрывала глаза слишком надолго. При каждом спазме удовольствия я стонала от невыносимой пустоты внутри. Возбуждение было слишком острым, до боли, киска налилась кровью и разбухла. Мягкие простыни скользили под спиной, они были мягче шелка, но их ощущение на коже было единственным, кроме губ Рава на моем клиторе, которое мне разрешили испытывать.

Я была пуста. Кожа горела от желания. Прикосновений умелого языка Рава было недостаточно.

Я хотела, чтобы ко мне прикоснулись. Мне было нужно это, нужна связь с другим живым существом. Я чувствовала, что теряю связь с реальностью. Переполняюсь ощущениями. Это все было чересчур.

- Трахни ее пальцами, Рав. Заставь ее кончить, - от слов Григга у мужчины между моих ног вырвался рык. В меня проникли три пальца, двигаясь в том же ритме, что и грубый язык на клиторе.

Руки легли на мои плечи, удерживая меня. Григг. Я не слышала, как он приблизился. Его руки не давали мне двинуться. Мне некуда было деваться. Я не могла сбежать. Я была в ловушке. Поймана между их телами и так возбуждена, что мозг отключился. Я чувствовала себя животным, диким мустангом, которого пытаются объездить.

- Смотри на меня, Аманда. Смотри на меня, когда будешь кончать.

Я не сразу поняла, что закрыла глаза. Я открыла их и сразу же встретилась взглядом с глазами Григга, глазами моего партнера.

Он наклонился вперед, наблюдая, как вздымается моя грудь, как дрожат бедра. Я выгнулась в пояснице и подняла бедра, пытаясь сбежать ото рта и пальцев, которые доводили меня до безумия, которого я никогда не испытывала раньше. Это было слишком остро, слишком мощно. Я не выдерживала. Я чувствовала, что вот-вот взорвусь.

- Это... Я не могу... О боже...

Рав зарычал, не давая уйти от касаний, как бы я ни дергалась и ни извивалась. Его животное желание пронзило меня через ошейник. Григг крепче сжал мои плечи. Не сбежать. Я в ловушке.

- Кончи, Аманда. Сейчас.

Мое тело давно отдалось им, а теперь и разум сдался, отдался власти Григга. От приказа внутри пробудилось что-то темное, голодное, и я окончательно потеряла собственное «я». Тело отреагировала инстинктивно, и я кончила с криком.

Григг не отводил взгляда, пока я билась в экстазе. Он был моим якорем, а желание в его глазах только возносило меня все выше и выше. Когда оргазм стих и закончился, я не успокоилась. Я еще не насытилась.

Я не могла контролировать себя. Я скулила. Просила их. Я хотела, чтобы они взяли меня, сделали своей. Мне нужно было еще. Я была возбуждена еще сильнее, чем несколько мгновений назад. От мягкого скольжения пальцев Рава внутрь и наружу, его удовлетворенного урчания, когда он нежно лизал мой клитор как самое лучшее, что он когда-либо пробовал, я оказалась на грани очередного оргазма.

Я не хотела мягко или нежно. Я хотела грубо, жестко, быстро. Я хотела, чтобы они трахнули меня. Наполнили меня. Овладели мной.

- Сейчас, - умоляла я.

Рука Григга легла на член и крепко обхватила его, поглаживая. Его массивное тело напряглось. Он был словно хищник, готовый напасть, но это не испугало меня, а совсем наоборот, разгорячило. Я хотела его. Сейчас. Прямо сейчас.

- Трахни ее, Рав. Заполни эту киску своим твердым членом.

Удивление Рава прошло по нашей связи вспышкой электричества:

- Что?

- Ты слышал меня.

Я не отрывала взгляда от Григга, но чувствовала недо-
умение Рава через ошейник.

- Я ее второй, Григг. *Ты* должен ее трахнуть. Ее
первый ребенок по праву твой.

Григг выпрямился, поднимаясь выше и возвышаясь
надо мной. Впервые он сам разорвал зрительный
контакт, чтобы взглянуть на своего второго.

- Трахни ее, Рав. Ты мой, так же, как и она. Твой член
принадлежит мне. Твое семя принадлежит мне. Если она
понесет ребенка, это будет ребенок клана воинов Закар.
Трахни ее. Наполни ее. Сейчас же.

Удивление Рава сменилось похотью, желанием,
жаром и странным одиночеством. Я ахнула. Сила его
желания ломала барьеры в моей душе, которые я когда-
то установила и до которых никому не давала дотронуться. Я протянула к нему руки, не в силах ничего поделать с собой.

- Рав.

Он накрыл мое тело своим, вдавливая меня в матрас,
и впился в мои губы поцелуем. Его член уперся мне
между ног, готовый ворваться внутрь.

- Трахни ее. Трахни ее как следует, - теперь Григг
шагал вдоль края кровати, наблюдая. Как хищник,
который ожидает возможности напасть, своей очереди,
чтобы насладиться жертвой. Я чувствовала его удовлетворение, и оно доставляло почти столько же удовольствия, что и твердая, горячая грудь, прижатая к моей, и
требовательные губы.

Рав двинул бедрами, и его член подался вперед,
ближе к входу. Он был таким огромным, что складки
киски широко раздвинулись и раскрылись, обхватив
ствол. Я разорвала поцелуй и откинула голову назад,
пытаясь справиться с ощущениями, со смесью удоволь-

ствия и боли, пока он медленно наполнял меня. Я изогнулась и приподняла бедра, чтобы приспособиться к его размеру.

- Прими его, Аманда. Подними бедра выше. Возьми его. Впусти его член в свою мокрую киску. Обхвати его бедра ногами. Откройся. Ты не должна закрываться от нас. Ты принадлежишь нам. Возьми его. Отдайся ему. Сделай его своим. Впусти его.

Все настолько запуталось, что я не понимала, где чьи эмоции. Мои. Рава. Григга. Меня душили перепутавшиеся между собой желание, страсть, тоска, одиночество, нужда.

Эта нужда разрывала меня в клочья. Их? Моя? Я понятия не имела, и это было не важно. Я обхватила бедра Рава ногами и приподняла таз под нужным углом, чтобы он смог заполнить меня одним медленным толчком.

Сначала растяжение приносило боль, но она вскоре угасла и сменилась ошеломляющим удовольствием. Я никогда не чувствовала такого раньше. *Никогда.*

- Трахни ее, Рав.

Руки Рава накрыли мои, он прижал ладонь к ладони и переплел наши пальцы, сильнее вжимая меня в кровать. Он снова поцеловал меня, глубоко проникая языком в мой рот, и его бедра начали двигаться. Его твердый член входил в меня снова и снова, быстрее и быстрее, и я не могла сдержать стоны на грани нового оргазма.

Я была на краю, и с каждым толчком он подталкивал меня все ближе. Снова. И снова.

- Стоп, - приказал Григг. Я протестующе вскрикнула, но Рав остановился, хотя его член был киске по самые яйца. Черт возьми, я хотела, чтобы он продолжал!

- Нет, - слабо прохрипела я, и Григг имел наглость усмехнуться.

- Не волнуйся, подруга, - ответил он. - Мы позаботимся о тебе.

Моя киска сжалась, когда я услышала это обещание, а Рав зарычал надо мной. Пот капал с его лба на мою грудь. Он тоже был близок к тому, чтобы кончить, и отсрочка для него была так же невыносима, как и для меня.

- Чего ты хочешь, Григг?

- Перевернись на спину, но не выпускай член из ее киски.

Рав перекатился на спину и оказался подо мной. В этом положении его член проник еще глубже, и я ахнула. Мне пришлось положить руки на его грудь для равновесия, и он был таким горячим, что ладони жгло. Не в силах сдерживаться, я потерлась клитором об его твердый живот и откинула голову назад, зажмурившись от удовольствия. Так близко. Я была так чертовски близко.

Шлеп!

Рука Григга болезненно приложилась к моей ягодице, и я дернулась от неожиданного жара. Это движение вогнало член Рава еще глубже, и мой потрясенный вздох превратился в стон.

- Что ты делаешь? - прорычал он.

Я повернула голову и увидела, что Григг стоит рядом со мной, скрестив руки.

- Я...

- Держи ее, Рав. Не вытаскивай член, но не давай ей двигаться.

- Что? – вскрикнула я. - Ты... ты что, всегда строишь из себя босса?

Рав обхватил меня за плечи и потянул вниз, прижимая к своей груди. Я посмотрела на него сверху вниз и увидела, как угол его рта дернулся вверх.

- Я полагаю, под «строишь босса» ты подразумевала «командуешь». Да, он вечно говорит людям, что делать.

Его огромные руки держали меня в стальной хватке, член заполнял меня, и моя задница оказалась в воздухе, открытой и беззащитной. Я была уже не уверена, нравится ли это мне, но слова Рава о том, что Григг был таким доминирующим по своей природе, почему-то обнадеживали. А еще я чувствовала, что Рав был достаточно силен сам по себе и сможет защитить меня, даже от Григга, если понадобится.

- Что... что ты делаешь? - спросила я Григга, слова вырывались с каждым быстрым выдохом. - Почему... почему ты заставил меня остановиться?

Григг поднял бровь.

- Ты солгала мне, партнерша. Тебе нравится, когда я смотрю. Тебе нравится то, что мы с тобой делаем. А ты уже знаешь, что мы наказываем за ложь.

От возбуждения мозг почти не работал, и мне пришлось сильно напрячься, чтобы вспомнить разговор в медпункте. Да, мне запретили врать моим партнерам, и в наказание...

- Ты же не серьезно?

В ответ Григг снова шлепнул меня по заднице.

- Григг! – вскрикнула я. От удара ягодица покраснела, под кожей разлился жар.

Он шлепнул меня снова.

И снова.

Шлеп.

Шлеп.

Шлеп.

- Григг!

Моя воспаленная задница горела огнем, а он продолжал шлепать меня, и чем больше я пыталась отодвинуться, тем сильнее я насаживалась на член Рава.

В конце концов жар от шлепков и почти болезненное ощущение жесткой длины Рава внутри толкнули меня на грань еще одного оргазма - быстрее, чем я успела осознать.

Я схватилась за плечи Рава, впиваясь ногтями в его кожу.

Тело уже начало трепетать в ожидании разрядки, и я заскулила, но Григг тут же вцепился в мои волосы и заставил повернуть голову так, чтобы я смотрела на него.

- Нет. Я не разрешаю тебе кончать. Пока нет.

- Что? Я не... - я замерла от его слов и отчаянно всхлипнула. - Пожалуйста.

Он нежно провел рукой по моей спине и отошел. На другом конце комнаты он достал что-то из ящика. Каждая секунда тянулась как час. Я чувствовала, как грудь Рава тяжело поднималась и опускалась. Ему тоже трудно было сдерживаться.

Я посмотрела на Рава, надеясь, что хотя бы он объяснит, что Григг делает.

- Тссс, - шепнул он. - Он знает, что тебе нужно.

Я не должна была верить им, но когда Григг опустился на колени позади меня и осторожно положил руки на мои ягодицы, я вздохнула с облегчением. Может быть, Рав прав. Может быть, Григг и знал, что мне нужно, но уж слишком он медлил.

Через несколько секунд я снова задрожала, когда он начал втирать теплое масло в другую мою дырочку – ощущение было мне знакомо по медпункту.

- Подожди!

Шлеп!

- Не двигайся. Я вставлю в тебя небольшое тренировочное устройство, чтобы, когда мы с Равом возьмем тебя вместе, ты не почувствовала ничего, кроме удовольствия.

Боже, это опять тот сон. Двое мужчин. Их члены, которые заполняют меня. Заставляют меня...

- Ах... - я извивалась от непривычных ощущений, пока Григг вводил в меня устройство. Как он и сказал, оно не было таким уж большим, но толстый член Рава все еще был глубоко внутри меня, и вместе они заполняли мое нутро полностью. Это было слишком много.

- Я не могу... это...

- Рав, - одного этого слова Григга было достаточно, чтобы Ров двинул бедрами, и его твердое тело потерлось об мой клитор. О да, это было хорошо.

- Сожми его член, Аманда. Сжимай его до тех пор, пока он не кончит.

Я уже не могла даже просить. Не могла умолять. Мозг замыкало от того, насколько сильным и властным был Григг. Я была полностью в их власти. Если я хотела кончить, я должна была делать то, что он приказывает. Я хотела этого и, возможно, это было из-за ошейника, но я знала, что Григг давал мне только то, что я могла выдержать; то, чего я сама *хотела* в глубине души. Так глубоко, что я сама об этом не подозревала.

Я лежала неподвижно на одном своем партнере, в то время как другой играл с пробкой, заполняющей мою задницу, и я повиновалась. Я сжимала внутренние мышцы вокруг жесткой длины Рава, расслаблялась и снова напрягалась, пока его сердцебиение не ускорилось под моим ухом, а его тело не напряглось. Он тяжело и неровно дышал.

- Кончай, Рав, - приказал Григг. - Сейчас. Наполни ее нашим семенем.

Григг мял мои ягодицы, широко раскрывая губы киски, и Рав вскрикнул и кончил; его член дернулся и заполнил мое нутро семенем.

Я ожидала этого блаженного тепла, потому что в их

сперме было какое-то странное вещество, которое мое
тело впитывало. Ожидала, потому что уже почувствовала
его раньше, в медицинском кабинете, когда Григг
коснулся моей киски кончиками пальцев, покрытыми его
смазкой. Ожидала, но не смогла удержать под контролем
свою реакцию.

Я взорвалась, по телу прокатилось ни с чем не сравнимое блаженство. Казалось, что сердце сейчас разо-
рвется, что я не смогу пережить оргазм такой силы. Я
кричала, закрыв глаза и напрягаясь всем телом. Я усту-
пила, полостью отдалась этому ощущению.

Прямо в это время меня вырвали из рук Рава, подняли
с его члена и перетащили к краю кровати. Я все еще
лежала на животе. Григг широко раздвинул мои ноги и
встал на колени позади меня. Плавно, по скользкому
семени Рава, он вошел в меня своим огромным членом.
Оргазм еще не закончился, меня трясло, и я сжималась
вокруг его толстого ствола.

Его руки на моих бедрах были грубыми, твердыми,
нетерпеливыми, и он тянул меня назад при каждом
толчке бедер. Я подмахивала и толкалась ему навстречу,
стараясь впустить его как можно глубже.

- Да!- выкрикнула я. Мне нужно было все больше и
больше; все, что он может мне дать.

- Позаботься о ее клиторе, Рав. Пусть она кончит
снова, - Григг тяжело дышал, но его слова были ясны. Рав
немедленно передвинулся к нам. Он лежал на спине, и
его лицо оказалось совсем рядом с моим, а длинная рука
скользнула между моим телом и кроватью, нашла клитор
и начала гладить в такт с толчками Григга. С каждым
движением тот все глубже вгонял прибор, который был у
меня в заднице.

Рав выглядел ошеломленным, и я понимала его. Я не
собиралась этого делать, но потянулась к нему и поцело-

вала со всем желанием, которое сейчас испытывала. Григг трахал меня сзади сильно и грубо, но поцелуй получился чувственным и нежным, исследующим.

Меня поразило то, что я способна была возбудиться еще сильнее. Семя Рава было как огонь в моей крови. Обе мои дырки были заполнены. Меня трогали четыре руки. Меня целовали два рта. Все это снова толкало меня за край.

Я никогда не чувствовала такого раньше. Не чувствовала себя такой дикой и необузданной, раскованной. Оргазм был не похож на любой другой. Я никогда не чувствовала ничего подобного. Через ошейник я чувствовала их отчаянную потребность кончить, и это только усиливало мою собственную. Этот замкнутый круг захватил нас троих и поднимал все выше и выше.

Григг зарычал, когда моя киска сжалась вокруг него, как кулак, и в меня хлынуло его семя. Это было все равно что подлить масла в огонь, и я кончала невозможно долго, пока, наконец, не упала на кровать. Член Григга все еще наполнял меня, его твердое тело опустилось приятным грузом на мою спину.

Мы долго лежали, успокаиваясь и восстанавливая дыхание. Рука Рава гладила мои волосы, а Григг гладил по бокам, нежно водил руками от груди до бедер, его губы пересчитывали позвонки моей шеи, вверх и вниз.

Я закрыла глаза и позволила им делать все, что они хотят. Никто не обратил внимания на слезы, которые текли из моих закрытых глаз. Я была пустой. Использованной. Я отдала им все. *Все.* И теперь я разрывалась пополам. Они видели самую темную мою сторону, видели меня такой, какой никто раньше не видел. Я была открытой и обнаженной. Уязвимой и слабой перед ними.

И в этот момент я осознала, насколько же я облажалась. Было бы очень легко влюбиться в моих партнеров, захотеть ту сказочную жизнь, которую они мне, казалось, предлагали. И чем дольше я лежала между ними, чувствуя себя желанной и драгоценной, тем больше осознавала, что внутри меня что-то сломается, если я предам их.

И все же я не могла отказаться от долга перед своим народом. Мне нужно было точно выяснить, какую угрозу представляет Улей, и передать как можно больше информации на Землю. Я не могла оставить человечество в неведении и во власти Межзвездной коалиции, каким бы потрясающим ни был секс с моими партнерами.

Какая же я сука.

ГЛАВА 8

Григг

Я НЕ МОГ СПАТЬ. Вместо этого я пролежал всю ночь, наблюдая, как они спят, обнимая друг друга и меня.

Аманда, моя прекрасная невеста, спала обнаженной, положив голову мне на плечо, ее ноги сплелись с моими ногами, а рука лежала у меня на груди. Даже во сне она повернулась ко мне. Это давало надежду на то, что когда-то она полюбит меня, станет моей настоящей подругой.

Она лежала спиной к Раву, а он прижимался к ней сзади и прикрывал своим телом, как бы защищая – этого я никак не мог не одобрить. Его рука была достаточно длинной, и ладонь тоже оказалась на моей груди; его пальцы обхватывали ее запястье, держа за руку даже во сне. Его прикосновение меня не тревожило. Он тоже был моим, и я не мог бы выбрать лучшего второго для моей партнерши. Он был гордым воином нашего клана, очень умным и жестким, когда это было необходимо. Из него получится отличный партнер для нашей Аманды, а то, что он является медиком высокого ранга, значительно снижает риск того, что мы оба погибнем в бою, оставив ее без защиты. Даже если я умру во время следующего рейда, он сможет позаботиться о ней, любить ее, удовлетворять ее...

От этой мысли внутри зашевелилось что-то темное и жадное, скребя мои внутренности, словно когтями, и моя душа кровоточила, и болела, и желала... Надо мной темной грозовой тучей нависло ощущение неизбежности, предчувствие чего-то ужасного, с которым я жил всю свою жизнь. Отец был прав. Я не готов командовать. Я слаб. Сентиментален. Я позволяю эмоциям и желаниям затуманить мой разум. Настоящий воин никогда бы не допустил этого. Я даже не знал, что способен на такие чувства, пока не встретил Аманду.

Не в силах справиться с болью, я убрал от себя руки и ноги своих партнеров и тихо соскользнул с кровати.

Чертов капитан Трист и его вмешательство. Я не просто так отказывался искать невесту. Я знал, что не проживу долго, поэтому не мог заявить права на женщину и сделать ее своей. Рав всегда знал, что он должен стать моим вторым, но я много раз давал ему понять, что если он хочет найти собственную пару, в качестве основного, то ему стоит это сделать. Его ранга и статуса было достаточно, чтобы претендовать на невесту. Многие воины сочли бы за честь быть его вторым.

Он отказался. Когда мы были детьми, мы дали друг другу клятву, что никогда не разлучимся, и мы держали свое обещание.

Честно говоря, было бы легче, если бы Рав оставил меня со всеми моими выходками и упрямством. Я хотел, чтобы он был счастлив, но был благодарен, что он продолжает хранить верность мне. Я привык полагаться на его проницательный ум и умение успокаивать меня сильнее, чем хотел бы признать.

И все же я ждал, тянул. Смерть казалась мне более вероятной, чем жизнь, семья. Я не хотел, чтобы он оплакивал мою смерть. Я не хотел, чтобы моя невеста оплакивала мою смерть. Я не хотел...

Аманда. Она тихо вздохнула и зашевелилась, потянулась ко мне во сне. Когда она не нашла меня на месте, то повернулась к Раву, прижалась лбом к его груди. Он тут же обнял ее, даже сейчас стремясь защитить, и она, прижавшись к нему покрепче, снова уснула спокойно.

Она была такой же неожиданной, как и моя реакция на нее. В ней все было идеально. Я не мог перестать восхищаться ее странными темными волосами и округлыми бедрами. Мягким животом и полной грудью. Ее губами, розовыми и манящими, такими же, как ее киска. Я чуть не потерялся в ее темных глазах, когда она кончала под Равом, когда дрожала от удовольствия, и они оба сдались мне, моей власти. Чем больше я требовал, тем быстрее она таяла. Такая послушная. Я чувствовал это в ней, знал благодаря ошейнику, что она хотела этого. Нет, она *нуждалась* в этом так же сильно, как я нуждался в контроле. Она идеально подходила мне.

Еще больше меня поразила острая потребность в том, чтобы контролировать Рава, направлять его, владеть им так же, как и моей невестой. Я не хотел заниматься с ним сексом, но мне нужно было подчинять его себе, защищать его и заботиться о нем. Это яростное желание возникло из ниоткуда, как только между нами оказалась наша невеста.

Он был моим, и я не мог понять, откуда взялась такое страстное желание добиться, чтобы он принял и признал мою власть, мою защиту точно так же, как и Аманда. И меня раздражало то, что вещи Рава все еще находились в его личном отсеке, а не здесь, со мной и нашей невестой, где им место. Я боролся со странным желанием разбудить Аманду и поговорить с ней, расспросить о ее жизни, провести ей экскурсию по кораблю. Я чувствовал себя как юный выскочка, который пытается произвести впечатление на женщину, а не как командир, который не должен никому ничего доказывать.

Я должен был беспокоиться о своей команде, разведывательных миссиях, боевой стратегии, но вместо этого сидел в темноте, как дурак, и любовался Амандой. Я считал ее вдохи и выдохи, подавляя в себе желание разбудить ее и снова взять, медленно. Я представлял, как буду целовать ее губы, гладить ее кожу, изучать каждый изгиб и впадину, находить чувствительные места и заставлять ее таять, или задыхаться, или кончать. Мне нужно было знать, есть ли у моих партнеров то, что им нужно, чтобы быть довольными и счастливыми. Я хотел знать, смогу ли дать им то, чего они хотят. Я должен был дать им то, чего они хотят.

И я никогда ничего так не хотел. Раньше все было просто. Я воевал с киборгами Улья. Я трахался ради удовольствия. Я сражался вместе с моими воинами, чтобы успокоить свою ярость и утолить гнев, который охватывал меня каждый раз, когда я говорил с отцом или видел, как еще один воин погибает в бою. И все эти чувства отступали, когда я был в Аманде, когда я заставлял ее кончать и наполнял ее своим семенем.

При виде моих партнеров внутри проснулось и зашевелилось что-то грубое и ненасытное, и я боялся, что теперь ничто не сможет успокоить меня.

Я чувствовал себя чужаком в собственной шкуре, незнакомцем, чьи мысли и желания не узнавал и не мог контролировать.

Такие размышления в темноте были далеко не из

приятных, поэтому я встал и тихо отправился в установку ГМ, чтобы почиститься. Когда на плечах оказалась свежая форма, я ощутил привычное бремя командования и чувство ответственности, которое всегда успокаивало меня, как ничто иное. Это было совсем не так, как с моей партнершей. Это было знакомо и нормально. Удобно.

Через пять минут я уже был на командном мостике, и в голове не осталось ни следа от тоски, нужды, желания и растерянности. Я изучал отчеты разведки, обсуждал предстоящие битвы с лучшими капитанами. Они заметили ошейник, но благоразумно промолчали об этом. Мы все знали, что есть более важные вопросы, чем моя невеста.

Улей наступал. Улей хотел преобразовать еще больше тел, получить больше сырья для своих Центров интеграции. Он был ненасытен. Он пожирал все живое, и только так он продолжал свое существование. И моя боевая группа была на линии фронта, так близко к центральному командованию Улья, что нам приходилось сражаться намного чаще, чем другим секторам.

Раньше эта мысль всегда наполняла меня чувством собственной важности. Мы находились в одном из самых старых и опасных секторов фронта. Об этом позаботился мой отец - выше его ожиданий в отношении меня была только гордость воинами клана Закар. Боевая группа Закар никогда не отступает. Наш клан сражался здесь уже сотни лет.

- Командир, вам вызов, - окликнула меня офицер службы связи со своей позиции у панели коммуникаций.

- Мой отец?

- Да, сэр.

Отлично. Только этого сейчас не хватало.

- Перенаправь его в Ядро.

Я называл Ядром конференц-зал стандартного

размера, который был на каждом корабле. Это частное пространство было предназначено для встреч с высшими должностными лицами, обсуждений стратегии или дел судна. Именно там я встречался с капитанами, давал указания воинам и строил планы сражений.

Я покинул командную палубу и пошел в зал заседаний. Дверь закрылась позади меня, и через несколько секунд на экране у дальней стены появилось темно-оранжевое лицо отца. У меня были его глаза, но остальные черты, в том числе золотой оттенок кожи, я унаследовал от матери. Его окраска говорила о том, что он происходит из древнего рода, и ему никогда не нравилось то, что моя кожа светлее его.

- Командир, - он никогда не называл меня по имени, только по званию, как будто я ему не сын. Просто солдат. - Я прочитал последний отчет.

- Да, отец. Мы выдавили Улей из этой солнечной системы.

- И ты чуть не погиб.

И вот опять...

- Я в порядке.

- Черт возьми, мальчишка. Ты был слабым. Это позор. Тебе нужно потренироваться на простейшем симуляторе полета, прежде чем отправляться с боевым крылом. Ты способен на большее. Ты Закар. Я не потерплю, чтобы женщины хихикали и щебетали о том, как тебя выбросило из корабля в космос, и ты там летал, как куча мусора.

- Извини, что разочаровал.

Еще несколько минут он продолжал отчитывать меня и во всех подробностях описывать сочувствующие взгляды и вопросы, которые ему пришлось этим вечером выслушивать во дворце Премьера. Я потер шею, стараясь игнорировать тугой клубок ярости, который закручивался внутри каждый раз, когда мне приходилось смотреть на отца.

- Такого не должно повториться. Ты Закар.

Он не удосужился попрощаться или спросить, как я себя чувствую. Ему было все равно. Он ожидал, что я выживу и добьюсь большего, чтобы соответствовать своей фамилии.

В течение многих лет я был вынужден выслушивать его тирады. И они уже давно не трогали меня. Последний раз, когда я позволил отцу нарушить мое эмоциональное равновесие, я еще учился в академии. Но теперь я опустился на ближайшее пустое кресло за столом переговоров и закрыл лицо руками.

Ненависть. Ярость. Злость. Стыд. Любовь. Они переполняли меня и сдавливали грудь с такой силой, что я не мог дышать.

———

Конрав

Аманда лежала в моих объятиях, и ее горячее дыхание щекотало грудь. Ее голова примостилась у меня под подбородком, а обнаженное тело прижималось к моему.

Моя невеста.

Я годами ждал ее, молился богам, чтобы однажды Григг был готов и смог вызвать ее и сделать нашей.

Я был старшим офицером. У меня было право на собственную невесту, но каждый раз, когда я рассматривал этот вариант, перед глазами возникал потерянный Григг, по-настоящему одинокий. Мы не были братьями по крови, но я выбрал его в братья и не мог оставить его одного, так же как он не мог бросить раненного воина на поле битвы.

Боль, которую я вдруг почувствовал, принадлежала ему. Ошейники, которые мы надели для связи с нашей невестой, передавали страдания Григга так ясно, как если бы он сейчас стоял рядом со мной и рассыпался на части у меня на глазах.

Прошло несколько секунд, и наша невеста тоже зашевелилась. Она ахнула и прижала руку к сердцу - это означало, что она также почувствовала его боль. Наша связь была крепкой, намного крепче, чем я мог себе представить после всего одного совокупления.

- Что случилось? – прошептала она и напряглась, но не вырвалась из моих объятий. - Григг.

- Да, Григг, - я вздохнул, поцеловал ее в лоб и неохотно отпустил, чтобы встать с кровати. – Тут даже думать не надо, он только что поговорил со своим отцом.

Она села в постели, обнаженная и такая прекрасная, что я не мог оторвать от нее взгляда, пока шел, спотыкаясь, к брошенной накануне форме, и натягивал ее.

- С отцом? - Аманда натянула одеяло и прикрыла грудь, ее темные волосы теперь беспорядочно спадали на плечи. Даже несмотря на боль Григга мой член встал от ее вида.

- Генерал Закар. Он советник Премьера.

- Но... - она потерла грудь, как будто сама чувствовала боль. - Я не понимаю.

Одевшись, я вернулся к кровати, наклонился и нежно поцеловал ее мягкие, розовые губы. Боги, она была такой утонченной, и моей. Моей и Григга, и прямо сейчас я был нужен этому козлу.

- Ложись спать, милая. Я со всем разберусь.

Она смотрела, как я ухожу, с гневом и огнем в глазах.

Это хорошо, они ей еще пригодятся в наш брачный период. Григг стал нестабильным, его стремление к контролю одновременно волновало и пугало. Я был готов выполнять приказы Григга без колебаний, даже когда он приказывал трахать нашу невесту именно так, как он велел. Меня поразил сам факт, что он отдал мне честь взять ее первым, наполнить ее своим семенем. Я и подумать не мог, что наш первенец будет по-настоящему принадлежать нам обоим. Ни теперь, ни потом невозможно будет определить, кто из нас является отцом наших детей. Широта и щедрость этого поступка глубоко тронули меня, хотя то, как Григг командовал мной, вызывало сложную смесь смирения и замешательства.

Он всегда был дерзким, импульсивным, высокомерным и немного диким. И мне это нравилось. Я участвовал во многих его приключениях, сражался рядом с ним во многих битвах, но никогда не делил с ним постель, никогда не делил с ним женщину, и потому не испытал на себе его потребности в абсолютном контроле. Он никогда не стремился контролировать меня, и меня шокировало новое открытие – это возбуждало. Черт, нашей невесте это тоже понравилось.

Я нашел Григга именно там, где ожидал - в Ядре, его единственном настоящем убежище. В одиночестве.

Этот ублюдок всегда был один.

Он не взглянул в мою сторону, когда я вошел. На столе передним лежал нетронутым рабочий планшет, вне всякого сомнения заполненный сотнями отчетов, запросов и других документов, которые требовали его внимания. Он сидел за круглым столом и не смотрел на них, его холодный и пустой взгляд застыл на мониторе, который сейчас показывал только глубокую пустоту космоса прямо за пределами нашего корабля. Если бы я не чувствовал его боль и гнев через ошейник, я бы купился. Он очень хорошо умел держать лицо.

- Очередной милый разговор с отцом? – я сел на кресло справа от Григга и стал ждать. - Как он там поживает?

Он долго молчал, но я не стал давить, только положил ноги на стол, закинул руки за голову и принялся ждать взрыва.

- Убери свои чертовы ноги с моего стола.

- До такой степени хорошо, а?

- Рав.

- Дай угадаю? Он расплакался и так переживал за твое благополучие, что не мог говорить из-за рыданий.

Григг фыркнул.

- Ну ты и мудак.

Я потянулся, чувствуя себя одновременно истощенным и взволнованным после времени, проведенного с Амандой. Вообще было удивительно, как после всего, что между нами было, он так быстро вернулся в свое обычное напряженное состояние. Может, если я смогу успокоить Григга, мы сможем вернуться в спальню, стянуть одеяло с ее мягкого, теплого тела и...

- Хватит думать о нашей невесте. Ты мешаешь мне злиться.

- Точно, твой отец. Дай угадаю? Твое последнее ранение опозорило имя Закар, а женщины во дворце волновались и расспрашивали его о здоровье печально известного командира Закара.

- В целом, да.

- Ты сказал ему о нашей невесте?

- Нет.

- Как? Он не заметил ошейник?

Григг покачал головой:

- Он видит только то, что хочет видеть. Остальное его не волнует.

- Значит, не сказал. Но почему? Может быть, женщины оставили бы его в покое, если бы знали, что ты теперь занят и у них нет шансов.

- У них никогда не было шансов.

- Они об этом не знали. Я уверен, что у множества матерей на Прайме ты - номер один в списке потенциальных женихов для их дочерей, так что ты широко известная личность.

Молчание затянулось, и я не стал его торопить, давая время переварить мои слова. Он был великолепным воином, но в отношении политики или женщин он был таким же тугодумом, как и его отец. Впрочем, я не собирался делиться с ним этим наблюдением.

- Я не стану говорить ему о ней.

- Почему нет? – я нахмурился.

Наконец он посмотрел на меня, и я с облегчением почувствовал, как спадает напряжение, передаваемое по связи.

- Мне нравится, когда они достают его. Пусть страдает. Может, я вообще никогда ему не расскажу.

- Хорошо. Меня не волнует твой мудак-отец. Я переживаю из-за Аманды. Что мы будем с ней делать?

Он прищурился:

- Что ты имеешь в виду?

- Разве ты не почувствовал это, когда мы закончили?

- Почувствовал что?

- Она чувствовала себя виноватой, Григг.

Он покачал головой и снова перевел взгляд на солнечную систему на мониторе.

- Нет. Извини. Я был...

- В шоке и замешательстве из-за тех чувств, что испытал по отношению ко мне?

ГЛАВА 9

Конрав

- ЧЕРТ, Рав. Зачем ты так? – Григг сжал губы в тонкую полоску и теперь избегал моего взгляда. Ни разу за все те годы, что мы были знакомы, я не видел, чтобы он смущался.

Я протянул руку и сжал его плечо. Он попытался отмахнуться, но я сжал сильнее. Мы должны были поговорить об этом. Если у нас с Амандой действительно все получится, мы должны это обсудить.

- Слушай, я не против. Я не хочу трахаться с тобой, Григг, но если Аманду так заводит, когда ты командуешь в постели, я весь твой. Она так сильно намокла, так отчаянно нас хотела, что я ничего не соображал. Оказывается, она любит такое.

- Я знаю.

- А остальное?

Он посмотрел на меня, и теперь его эмоции были

хорошо скрыты, так что мне придется надавить, чтобы снова вытащить их на поверхность.

- Слушай, Григг, я же все чувствовал. Эти гребаные ошейники не дадут ничего скрыть. Ты становишься собственником, и речь не только об Аманде.

- Извини. Я не знаю, откуда это взялось, - Григг выглядел таким потерянным и озадаченным, что я поверил ему. И это было чертовски грустно. Это только лишний раз доказывало, как сильно этот бесчувственный мудак, его отец, испортил его.

- Это нормально, Григг. Это называется любовь. Забота. Привязанность. Ты мой двоюродный брат, и я люблю тебя. Я умру за тебя, убью, чтобы защитить тебя. Это совершенно нормально, что ты чувствуешь то же самое. Это просто значит, что мы семья. И все эти эмоции распространяются теперь и на нашу невесту. Я тоже это чувствую.

- Я никогда не чувствовал такого раньше.

- Долбаные ошейники, - пробормотал я. - Я знаю. Но теперь *ты* знаешь.

- Знаю что?

- Каково это, быть частью семьи.

Григг потер грудь, и я почувствовал, что ему снова больно. Он понятия не имел, что делать со всеми этими чувствами, поэтому я должен был помочь ему отвлечься.

- А теперь вернемся к нашей невесте. Я думаю, что у нас проблема.

- Вина?

- Да. Она что-то скрывает. Эти ошейники чувствуют все, даже это.

Григг нахмурился – теперь он сосредоточился на реальной проблеме, с которой мог справиться гораздо эффективнее, чем с незнакомыми ему эмоциями.

- Что ты об этом думаешь?

Мне было неприятно это говорить, но когда я узнал, что наша невеста с планеты, которая только что вступила в Межзвездную коалицию, я провел исследование.

- Я изучил ее планету, прочитал все отчеты о Земле.

- И?

- Ее народ примитивен, они все еще ведут войны за ресурсы и землю. Во многих частях планеты женщины лишены прав и не могут получить образование. С ними обращаются как с рабами, лишают их чести и власти. У них есть бедняки, которые голодают и умирают на улицах. Они убивают из-за цвета кожи и религиозных убеждений. Они варвары.

- Но она больше не землянка. Она гражданка планеты Приллон-Прайм. Теперь она принадлежит нам.

- Да, официально.

- Но?

- В центре обработки с ней были двое мужчин. Она сказала, что они ее родственники. Она солгала Стражу - они никак не связаны с ней. Возникли подозрения, и Страж просмотрела запись их разговора.

- И кем же они были?

- Шпионы. Видимо, Аманда тоже шпион правительства.

Глаза Григга расширились.

- Аманда - шпион?

Я кивнул.

- Да. Она первая невеста. Логично, что они захотели использовать программу в своих интересах. Я предполагаю, что они послали ее сюда, чтобы добыть информацию для Земли и украсть наши продвинутые технологии, в которых Коалиция отказала им.

- Понятно, - я буквально чувствовал, как работает его мозг, вычисляя шансы и продумывая план. - А откуда ты это знаешь? Информация достоверна?

- Абсолютно. Я попросил старшего Стража на Земле, леди Эгара, покопаться в прошлом нашей невесты.

Григг подался вперед.

- Я думал, что Коалиция только недавно установила контакт с Землей. И я знаю командира Эгара. Что его жена, леди Приллона, делает на Земле?

Ответ на этот вопрос был действительно печальным.

- Оба партнера леди Эгара погибли несколько лет назад, когда попали в засаду Улья.

- О Боги, - Григг нахмурился, и я почувствовал, как его расстроила новость. – У них не было детей?

- Нет. И она отказалась от нового партнера. Ее забрали с Земли годы назад, еще до первого официального контакта с планетой. Я не знаю подробностей, но после смерти ее партнеров она предложила свои услуги и отправилась на Землю в качестве лидера Программы обработки невест. В любом случае, она верна Коалиции. Я доверяю ее данным.

Григг поднялся и зашагал по залу, а я следил за ним, не мешая продумывать план дальнейших действий. Я умел лечить, но не сражаться и разбираться со шпионами. И я точно знал, что война за сердце и верность нашей невесты только началась.

Скрестив руки на груди, Григг повернулся ко мне.

- Ты хочешь отказаться от нее? Попросить другого партнера?

- Нет. Она была подобрана для нас. Тестирование показало соответствие на девяносто пять процентов. Ни я, ни Страж Эгара не сомневаемся в том, что она предназначена нам. Теперь она наша, понимает она это или нет. Независимо от того, верна ли она своему правительству или нам, ее партнерам.

- Согласен, - Григг продолжил ходить по маленькому

помещению. - Это объясняет стремление Земли отправить свою первую группу воинов в бой с Ульем.

Это было неожиданно.

- Им не терпится отправить своих солдат?

- Да. Слишком уж не терпится. Они даже не хотели, чтобы их солдаты проходили учебные протоколы, - он покачал головой. – А это просто глупо, и означает верную смерть. В отчете их генерала говорится, что этих людей называют спецназом, и им не требуется боевая подготовка. Они элитные воины Земли.

Я улыбнулся выражению лица Григга. Игра началась.

- И что ты собираешься делать?

- Позволить им прибыть сюда. Наша прелестная невеста рано или поздно поможет нам вычислить предателей среди них. Они не стали бы отправлять одного шпиона.

- А потом? - я занервничал. Я знал, что Григг никогда и волоска не тронет на голове нашей невесты, но я не был так уверен насчет солдат с Земли.

- Убьем предателей и отшлепаем ее так, что она не сможет сидеть. Ее подобрали для нас. Как ты и сказал, она полностью наша. Мы будем трахать ее до тех пор, пока она не поймет, кому принадлежит, и это точно не правители земных племен. Они не смогут оттрахать и полюбить ее так, как мы.

- Нет. Может, она и их шпион, но принадлежит нам.

———

Аманда

Меня разбудил странный звук гудка. Он прозвучал только один раз, поэтому я перевернулась на другой бок и проигнорировала его. Из-за работы я привыкла спать каждый раз в новых местах, и проснулась, точно зная, где я нахожусь. В космосе. А еще невозможно было забыть о том, что произошло, потому что моя киска и задница все еще ныли. Пробку вытащили сразу после того, как Григг кончил в меня, и я была настолько удовлетворенной и уставшей, что сразу же уснула между ними.

Звуковой сигнал повторился. Подняв голову, я осмотрела спальню. Я была одна в холодной постели. Судя по тому, что я не проснулась, когда мужчины уходили, либо они были очень тихими, либо я спала мертвым сном.

Бип!

Я схватила простыню и обмоталась ею, а затем вышла в гостиную. Там я впервые обратила внимание на небольшой столик с тремя стульями, большой диван, прикрепленный к полу болтами, и голые коричневатые стены. Это было классическое холостяцкое жилье, и я уже начала думать над тем, чем можно украсить его, чтобы сделать это место похожим на дом, а не на больничную палату.

В любом случае, комната была пуста.

Бип!

Звук исходил от двери. Похоже, это был космический дверной звонок. Я подошла к ней, но дверной ручки не было. Скорее всего, дверь реагировала на движение, потому что она открылась сама, как только я подошла ближе.

За дверью стояла женщина и улыбалась мне. Она была одета в форму, похожую на ту, которую носил Рав, но рубашка была не зеленой, как у него, а бледно-персиковой. Эта женщина не была человеком. Ее темно-оранжевые волосы до плеч были заплетены в косу, а ростом она была выше меня больше чем на голову и смотрела на меня сверху вниз. Ее добрые глаза были золотистого цвета, к которому я уже начала привыкать, а кожа как темное золото, почти как у Григга. Несмотря на внешность, ее голос звучал совершенно нормально.

- Вы партнерша командира? Леди Закар?

Ее голос был мягким и добрым, но я сразу же заметила ее солдатскую выправку - такую женщину никто не запугает.

Я крепко сжала простыню и вспыхнула. Можно только представить, что она обо мне думает. Мне было стыдно, но деваться некуда.

- Да, - ответила я. - Я... э-э-э. Я Аманда.

В коридор вошли двое солдат, и женщина ненадолго перевела взгляд на них, а я спряталась за дверной проем.

- Я леди Минтар, но вы можете звать меня Мара. Меня послали ваши партнеры. Разрешите войти?

Услышав приближающиеся голоса солдат, я кивнула и отступила назад, не желая, чтобы они увидели меня такой - голой, использованной и одетой только в простыню.

Она вошла, и дверь за ней закрылась. Я вздохнула с облегчением.

- Как я уже сказала, ваши партнеры послали меня, потому что они не могут быть рядом, когда вы проснетесь.

Очень тактично с их стороны.

- Я отвечаю за интеграцию семьи и социализацию, и у меня есть свои партнеры. Один из них, Дрейк, работает с командиром Закаром. Вам повезло с таким образцовым партнером и уважаемым вторым, - она наклонилась вперед и тихо добавила. - Только не говорите моим партнерам, что я это сказала.

Я улыбнулась в ответ, потому что она была очень милой. Я даже не думала, что мне был нужен... кто-то. Кто-то, кто не хотел меня раздеть и трахнуть. По крайней мере, прямо сейчас. Мне нужно было знать, что я на корабле Приллона не только для того, чтобы спариваться с двумя воинами. Мне безумно понравилось вчерашнее, мое тело стремилось к ним, и их семя все еще сочилось из моей киски, но я хотела быть чем-то большим, чем просто партнершей. Если бы меня заставили сидеть в этой маленькой комнате и смотреть на стены целыми днями, я бы взбесилась и сошла с ума.

- Я здесь, чтобы помочь вам с одеждой и едой, для начала. И если вам нужно что-то еще, дайте мне знать. Я помогу вам найти работу по душе. Друзей. Занятие на то время, пока ваши партнеры заняты. Наверное, здесь все совсем не так, как на Земле.

Я пока понятия не имела, чем это отличалось от Земли, но потянула край простыни.

- Все будет лучше, чем эта тряпка. Спасибо. Но сначала я бы хотела принять душ.

- Конечно, - она улыбнулась.

В течение следующего часа Мара показывала мне, как пользоваться ванной комнатой. Там были и душ, и ванна, но она сказала, что они нужны для удовольствия, и мне не обязательно мыться в воде. Она показала мне камеру С-Ген, в которой мое тело просканировали зеленые огни и создали для меня новую одежду. Жилые помещения действительно отличалась от тех, что были на Земле, потому что там не было ни кухни, ни стенных шкафов, и я ходила за Марой, разглядывая все с детским любопытством. Несколько отсеков были спрятаны в стенах, и я уже предвкушала, как буду находить их и открывать – это будет прямо как охота за сокровищами. Я чувствовала себя взволнованным ребенком, которого водят за руку, и была благодарна за это. Я ей так и сказала.

- Пожалуйста. Я отведу вас в столовую. После этого

вы будете полностью подготовлены. О! - она круто повернулась ко мне. - Ваш брачный набор. Как я понимаю, вы не забрали его из медицинской части.

- Брачный набор?

Она помахала рукой.

- Это коробка со всем необходимым для новых невест. Ладно, просто пойдем и возьмем одну со склада. Вы хотите осмотреть корабль, прежде чем мы пойдем есть?

Идея увидеть не только личные помещения Григга была слишком привлекательной, и я проигнорировала урчание в животе. Я была голодна, но это могло подождать. Так я не только удовлетворю свое любопытство, но и смогу исследовать и изучить корабль, чтобы было о чем доложить на Землю.

- Да, пожалуйста.

Теперь я была одета в темно-синюю униформу, состоящую из штанов и туники. Я причесала волосы пальцами, но они все равно спадали на плечи запутанной копной. С нетерпением я последовала за Марой в коридор. Там не на что было смотреть, кроме голых оранжевых стен. Когда мы проходили по кораблю, их цвет поменялся с оранжевого на зеленый, потом на синий. Мара объяснила, что оранжевый и кремовый цвет указывает на то, что мы находимся в жилых или семейных отсеках, зеленый цвет у медиков, синий – у инженеров, красный – у командующего состава и на боевых постах. У корабля была такая же цветовая кодировка, как и у униформ. Серую носил вспомогательный персонал, цвет эмблемы на груди обозначал, в каком отсеке корабля они служили. Высокопоставленные офицеры, такие как врачи и инженеры, носили униформу того же цвета, что и их отдел корабля. Теперь стало понятно, почему форма Рава темно-зеленая.

Воины, такие как мой Григг, носили черные и темно-коричневые камуфляжные доспехи, которые, как утверждала Мара, делали их почти неуязвимыми.

- Командир часто проверяет это на себе, - объяснила она.

Мне не понравилось, как это прозвучало.

Мы прошли мимо нескольких обитателей корабля, и все они почтительно кивнули. Сначала я подумала, что так они здоровались, но оказалось, что они делают это только для меня, а не для Мары.

- Почему они кивают мне? Они даже не знают меня.

- Они знают, что вы невеста командира, наша леди Закар. Мы ждали вашего появления много лет.

Я нахмурилась, когда мы свернули за угол.

- Откуда они знают, что это я?

Мара указала на мою шею.

- Ваш ошейник. Ваша одежда. И ваша инопланетная внешность. Командир настоял, чтобы вы носили цвет семьи Закар. У каждого клана свой цвет. Вот, смотрите, - она указала на свою шею. - Семья моих партнеров, клан воинов Минтар, носит темно-оранжевый цвет.

- Для меня это большая честь, но я все равно не понимаю. Почему они ждали меня?

Мара остановилась и повернулась ко мне лицом.

- Партнерша командира обладает большой властью и влиянием. В том, что касается гражданских вопросов, ваши приказы будут выполнять все на борту, как воины, так и гражданские. Никто, кроме самого командира, не может приказывать вам, и все на борту готовы умереть, защищая вас. Теперь вы все равно что принцесса или королева. Наша королева.

Какого черта? Потрясенная, я не смогла сдержаться и нервно выпалила:

- Почему? Что я должна делать? Почему воины должны меня слушаться? Я тоже буду воевать?

- О нет, дорогая, - она похлопала меня по руке. - Нет. Хотя, если вы действительно хотите, и ваши партнеры согласятся на это, вы тоже можете отправиться в бой. Но нет, я помогу вам найти подходящую работу. До вашего прибытия я была леди самого высокого ранга на корабле и отвечала за гражданские аспекты жизни в космосе. Воины заняты боевыми действиями и предоставляют невоенному персоналу заниматься всем остальным.

Охренеть.

- Например?

- Адаптация, спаривание, технические работы, социализация, коллективные мероприятия, обучение...

Я подняла руку, прерывая ее:

- В общем, они сражаются, а мы должны позаботиться обо всем остальном?

- Именно, - она улыбнулась. - И я хотела бы, чтобы вы помогли мне. Если вы заинтересованы, конечно.

- Но откуда вы знаете, что я не испорчу все? Я ничего не знаю о ваших кораблях и вашем образе жизни. До недавнего времени я вообще думала, что космические корабли бывают только в кино.

Улыбка Мары была такой уверенной, что у меня вдруг потеплело на душе.

- Вы идеально подходите нашему командиру. А это значит, что вы так же идеально подходите нам. Протоколы не связали бы его с женщиной, которая не может справиться с ним или с собственными обязанностями.

Я удивленно открыла и закрыла рот, и Мара рассмеялась.

- Мой партнер - капитан Минтар, третий по званию офицер в боевой группе Закар. И поскольку ни у командира, ни у капитана Триста не было пары, мне приходилось управлять всем самой. И скажу вам по секрету, мне *очень* не помешала бы помощь.

От волнения, от перспективы сделать что-то значимое у меня покалывало где-то в позвоночнике. Меня должна была обрадовать возможность собрать больше информации в этой новой роли, но, если говорить честно, мне было бы приятно быть полезной. Мне нравилась идея делать вклад во что-то, создавать, а не уничтожать.

- Как долго вы уже партнеры? - спросила я.

- Пять лет. У нас есть сын, - ее лицо озарилось. – Вы хотите взглянуть на него?

- О... конечно.

- Это хорошо. Я уже отправила его в школу, хотя ему только три года и в основном он там играет, но мне всегда нравится приходить к нему и смотреть, как он веселится.

Мы прошли еще несколько поворотов, и цвет стен изменился на песочно-коричневый. Мара остановилась перед дверью и дождалась, пока та откроется, и я прошла за ней внутрь. Мы оказались в приемной, там за столом сидела странная женщина с синей кожей, черными волосами и глазами. У нее были утонченные черты лица, и она была похожа на великолепную модель с обложки журнала.

- Леди Минтар, - поприветствовала женщина.

- Привет, Нили. Это леди Закар.

Женщина встала и кивнула головой.

- Невеста командира. Добро пожаловать.

Я улыбнулась ей:

- Спасибо. И вы можете называть меня Аманда.

Мара практически светилась.

- Я просто хотела взглянуть на Лана. Я не буду мешать.

Нили кивнула, и мы подошли к одному из окон, из которых открывался вид на соседние комнаты. В каждой играли дети разного возраста, а с ними были взрослые - играли, помогали раскрашивать картинки или катать мяч.

- Вот он, - Мара указала на маленького мальчика с такой же золотой кожей и рыжеватыми волосами, как у нее. Он складывал блоки вместе с маленькой девочкой с льняными волосами, похожими на волосы моего Рава. Они выглядели прямо как дети в наших детских садах.

- Он очарователен.

Мара просияла. Она явно обожала своего ребенка.

- Да. Он такой сильный. Уже защищает других. Вчера он ударил мальчика за то, что тот дергал маленькую Алеандру за волосы. Его отцы так гордятся им.

Понятно, они учат детей драться.

Нет, они учат своих маленьких мальчиков защищать маленьких девочек. Нельзя сказать, что я этого не одобряю.

Мы смотрели несколько минут, любуясь невинной радостью на их лицах, их чистым восторгом от простых вещей. Я поняла, что эти дети точно такие же, как маленькие мальчики и девочки на Земле. Они ничем не отличались. Один украл игрушку у другого, один заснул на одеяле с книгой. Еще один заплаканный мальчик сидел на коленях у воспитательницы. Она водила маленькой светящейся палочкой над его разбитой коленкой.

Я указала туда:

- Что это такое?

- Палочка Реген?

- Вон та штука в руке у воспитательницы.

- Да. Это целительная палочка.

Через несколько секунд колено мальчика полностью

зажило, от царапины не осталось и следа. Он перестал плакать и улыбнулся.

- Я никогда раньше не видела такого, - прокомментировала я.

- Идем, пока Лан меня не заметил.

Мы покинули маленькую школу и снова вышли в коридор.

- Палочки Реген есть во всех общественных местах. И в рабочих помещениях. Они лечат легкие травмы, но если вы серьезно ранены, нужно обратиться в медицинский пункт, там у них есть капсулы Реген.

- И в них все заживает так же быстро, как колено того мальчика?

- Да. На самом деле они называются Регенерационными погружными установками, но мы называем их капсулами.

Вот это да. Я представила штуку, похожую на гроб, прямо как в научно-фантастическом фильме. Ложишься в капсулу, ждешь пару минут, и ты полностью здоров. Да, Земле не помешали бы такие приборы.

А палочка Реген? Она была портативной и легкой в использовании. Такая вещь могла бы полностью изменить земную медицину, но мы не знали о ней. Нужно будет не забыть и поискать одну такую палочку. Мара сказала, они есть во всех общественных местах. А если не получится, я могу подавить отвращение к самой себе и украсть палочку из детского сада. Я уверена, ее немедленно заменят. У них наверняка тысячи таких штук.

Я прошла за Марой в большую столовую, оборудованную в стиле кафетерия. Там было почти пусто. Она показала мне, как заказывать еду в камере С-Ген, и сказала, что я могу также заказывать еду себе в комнату, но в обществе Приллона не принято есть в одиночестве. Воины и их партнеры воспримут это как знак неуважения, если я не присоединюсь к ним в столовой. Это особенно касалось меня, партнерши командира, *их* леди Закар.

Отлично. Значит, теперь я принцесса, которая обязана заниматься политикой и светить повсюду своим лицом? Я не ожидала, что на меня взвалят так много. Слишком много.

Еда была странной, хрустящая лапша на вкус напоминала смесь апельсиновой цедры и персиков. Странный пурпурный фрукт в форме яблока был на вкус как вишня, прямо как та, их которой моя бабушка делала начинку для пирогов.

Я приложила все усилия, чтобы не показывать отвращения, но оно все равно отразилось на лице. Мара засмеялась надо мной.

- Вы знаете, вы можете попросить командира, и он даст нашим программистам команду добавить в меню земные блюда.

- Серьезно?

Слава Богу. Я могла бы питаться и этими блюдами, но они точно не получили бы кулинарных премий. Ну, зато можно похудеть.

- Да. Дайте ему список. После одобрения его передадут командам разработчиков Приллон-Прайма. Они запросят блюда с Земли, проанализируют их состав и добавят их в блок С-Ген для вас.

- Спасибо! Это было бы замечательно, - мне вдруг захотелось обнять ее.

- А сейчас нужно идти.

Я кивнула. Она и так провела со мной почти весь день, показывала мне корабль и представляла меня всем, кого мы встречали. Я мило улыбалась, кивала и старалась быть приветливой, но даже у меня были свои пределы, а последние два дня все только и делали, что испытывали мое терпение. Хотелось тишины и покоя. Мне нужно было время, чтобы подумать и решить, что делать дальше.

Я последовала за ней по коридорам, и мы дошли до странного прилавка. За ним стояла женщина, похожая на фармацевта в аптеке или даже на продавца билетов в кинотеатре. Было не совсем понятно, какую роль она здесь исполняла. Мара подошла к прилавку и попросила:

- Один НАТ, пожалуйста.

Приллонская женщина коротко взглянула на меня, кивнула и ушла в маленькую комнату позади нее. Она вернулась с коробкой и передала ее Маре, а Мара отдала ее мне.

- Что это? Что значит НАТ? - я взяла коробку, которая была размером с небольшую обувную, и засунула ее под мышку.

- НАТ расшифровывается как набор для анальных тренировок. Это не официальное название, просто мы, дамы, так называем его между собой.

ГЛАВА 10

Аманда

- Что?

Может, мне просто послышалось?

Мара пошла по коридору, явно ожидая, что я последую за ней.

- Мне пора на работу, поэтому я отведу вас обратно в ваш семейный отсек. Доктор Закар сказал, что один из них скоро туда вернется. Я не хочу, чтобы они волновались, если уже вернулись.

Ни один из них, как оказалось, еще не вернулся. Оставшись одна, я поддалась любопытству и открыла коробку.

НАТ. Набор для анальных... серьезно?

Внутри находилось больше десятка инструментов причудливой формы с выпуклыми концами, странными извилистыми серединами, а также инструменты с открытым концом, которые больше напоминали гаечные ключи или еще что-то, чем чинят машины.

Покачав головой, я провела кончиком пальца по длинной неровной поверхности одного крайне необычного предмета серебристого цвета, который, казалось, светился.

Я понятия не имела, что с ними делать, и они не были похожи на те игрушки, которые у нас использовали для... хм... анальной стимуляции. Я надеялась, что хотя бы один из предметов окажется интересным для Роберта, так же, как палочка Реген. Агентству нужны были технологии, и здесь их была полная коробка. Для чего бы ни использовали эти штуки, я была уверена, что наши ученые смогут извлечь из них что-то полезное. И этот целительный прибор. Мне нужно было добыть один такой и придумать, как отправить его домой.

Я порылась в инструментах и нашла среди них один, который выглядел необычно. Я достала его и осмотрела, пытаясь понять, что это такое. Это был брусок длиной примерно в пятнадцать сантиметров с двумя кружками на каждом конце. Он был сделан из легкого металла и выглядел как двусторонний гаечный ключ. Странно.

Я бродила по нашим комнатам и вертела инструмент в руках, пытаясь выяснить, для чего его могут использовать. Я была рядом с диваном, когда услышала, как открылась дверь, и Григг позвал меня.

- Аманда. Ты вернулась?

Я запаниковала от того, что меня застали с этой штуковиной в руках, и быстро наклонилась, чтобы спрятать прибор под темно-синюю подушку дивана.

- Аманда!

Одного его низкого голоса было достаточно, чтобы сердце застучало, а киска напряглась. Я повернулась и посмотрела на него - он стоял в нескольких шагах позади меня, упершись руками в бока. Он застал меня врасплох, с рукой под подушками и задницей в воздухе. Я покраснела, и щеки загорелись еще сильнее, когда он поднял одну темную бровь.

- Извини, что оставил тебя одну. Но, похоже, Мара позаботилась о тебе.

Он сократил расстояние между нами и прошептал:

- Мне нравится, как темно-синий цвет клана Закар облегает твой круглый зад. Хотя мне нравится еще больше, когда на тебе нет ничего, кроме простыни.

От его сладких слов и нетерпеливого тона мне стало горячо. Его голоса и его присутствия в комнате было достаточно, чтобы начать возбуждаться.

- Что ты прячешь? - спросил он, кивнув на диван.

У меня не было выбора, кроме как вытащить предмет из-под подушки и показать ему.

- Вообще-то, я сама не знаю, - честно ответила я. Конечно, то, что я пыталась спрятать эту штуку, выглядело странно, но мне не нужно было лгать ни о чем другом. Я поднялась на ноги и указала на коробку. - Мы забрали брачный набор, но я так и не поняла, как использовать эти предметы.

Григг взялся за край коробки, притянул ее ближе и заглянул внутрь.

- Да, я знаю, что это. Но скажи мне, милая, почему ты пыталась спрятать именно этот предмет?

- Я... я... - раньше я верила, что могу выкарабкаться из любой ситуации. Что в Австралии, что в Аризоне я с легкостью придумывала истории на ходу, но сейчас... - Не знаю.

Григг недоверчиво хмыкнул в ответ.

- Ты же понимаешь, подруга, что наши ошейники позволяют нам чувствовать эмоции друг друга? Например, ты должна была почувствовать, что я был сильно возбужден, когда вошел сюда. Мое желание к тебе может усилить твое собственное возбуждение.

Теперь понятно, почему я сразу же захотела его, как только он вернулся. И все еще хотела, по правде говоря.

- Он также считывает другие эмоции, например нервозность, - он забрал у меня предмет и покрутил в своих больших руках. - Или ложь.

Я сглотнула. Чертовы технологии. Как же я должна шпионить, если все мои мысли и чувства теперь на виду?

- Я правда не знаю, что это такое.

Он полез в коробку и вытащил инструмент поменьше.

- Я попросил Мару позаботиться о том, чтобы ты получила свой набор. Мы так спешили, что забыли такой в медпункте после осмотра.

От воспоминаний об этом осмотре мое лицо снова залила краска.

- Что это за вещи? - спросила я.

Он открыл крышку, поднял слой, который я еще не исследовала, и вытащил штуку, определенно похожую на анальную пробку.

Я промолчала, но киска и задница сжались в неожиданном спазме. Теперь я начала понимать, зачем нужен НАТ. Конечно, не все в коробке было...

Он усмехнулся:

- Всем новым невестам предоставляется тренировочный набор. Мы не будем полностью связаны, пока мы с Равом не возьмем тебя вместе.

- Ох, - ответила я, представляя себя между ними, до предела заполненной их членами. Как в моем сне. Черт подери мое развратное тело, но я снова и снова возвращалась мыслями к этому сну. Двое мужчин. Они оба трахают меня, наполняют меня, делают меня своей.

- Очевидно, Мара решила, что нам понадобится не только базовая коробка с пробками, но и более сложные инструменты.

Я указала на округлый металлический предмет и нахмурилась.

- Это секс-игрушка? - спросила я.

- Секс-*игрушка*, - Григг кивнул. - Мне нравится этот термин, потому что это определенно та игрушка, в которую я хочу поиграть.

А я? Я сильно сомневалась по этому поводу, потому что предмет больше походил на гаечный ключ, чем на игрушку.

- Ты пыталась спрятать секс-игрушку в диван. Скажи мне честно, почему?

Вот дерьмо. Я закусила губу и уставилась на игрушку.

- Я... я не знаю. Это было глупо.

Он забрал ее у меня и задумался.

- Да, ты так и сказала, но я знаю, что ты лжешь.

Да, это не сработало ни в первый, ни во второй раз. Черт.

- Ты прятала это, потому что не хотела, чтобы я использовал это на тебе?

Я закивала энергичнее, чем нужно было.

- Но ты не знаешь, что это. Почему ты думаешь, что тебе это не понравится?

Я пожала плечами, не зная, что ответить.

- Что если я скажу тебе, что тебе понравится? И что я никогда не стану делать с тобой то, что тебе не нравится? Тогда ты доверишься мне?

Его взгляд был таким темным, таким серьезным, но голос звучал мягко и нежно. Я догадалась, что он уговаривал меня потому, что хотел испытать эту игрушку. На мне. Прямо сейчас.

- Это не больно? - спросила я, не сводя глаз с инструмента.

- Это приятная боль, - когда я отступила и скептически взглянула на него, он добавил. - Поверь мне.

Я облизнула губы и посмотрела на него. *Внимательно* посмотрела. Доверяла ли я ему?

- Если ты еще не доверяешь мне, доверься нашей совместимости. Поверь, я знаю, что тебе нравится и чего ты хочешь. Что тебе *нужно*.

- А мне это нужно? - я указала взглядом на загадочную игрушку.

- Давайте разберемся. Сними рубашку.

Я посмотрела сначала на маленький металлический предмет в его руках, затем на Григга. Он спокойно стоял и терпеливо ожидал, пока я решу, готова ли я к приключениям.

- Ты хочешь, чтобы я сняла рубашку.

- Я хочу, чтобы ты была голой и просила меня, но давай начнем с рубашки.

Черт. Зачем он говорил такие вещи? Мне и без того было жарко.

- Что это за штука? - спросила я, кусая губу.

Он поднял прибор.

- Это? Это для твоих сосков.

- Моих... - упомянутые соски болезненно сжались от одной мысли о том, что может сделать эта вещь.

- Сними рубашку, Аманда.

- Я... я... - я продолжала упираться, теперь уже действительно чуть-чуть нервничая.

- Тебя заводит мысль о том, что я что-то сделаю с твоими сосками, подруга? - Григг шагнул ко мне. - Я же вижу, какие они твердые, так и ждут того, что я собираюсь сделать. На мне ошейник, и я прекрасно чувствую твой интерес и желание. Бьюсь об заклад, если бы я сейчас потрогал твою горячую киску, она была бы уже мокрой.

Он сделал еще один шаг ко мне и осторожно положил металлический стержень на стол. Забыв на время об игрушке, он сосредоточил все внимание на мне. Этот огромный, сильный, отчаянно желающий меня мужчина пожирал меня взглядом, и я не могла сопротивляться его власти. Сопротивляться ему. Меня накрыло волной желания, киска заныла и набухла, готовясь принять его член. Кожа горела, соски напряглись сильнее.

- Что-то... со мной что-то не так, - я никогда раньше не возбуждалась так быстро, а ведь он даже не прикоснулся ко мне. Я почувствовала что-то похожее, когда надела ошейник - меня переполнили эмоции.

- Ты чувствуешь и мое возбуждение тоже. Контакт уже установлен. Наше семя, наш связующий сок уже проник в твое тело. Теперь между нами нет секретов. Никаких фальшивых эмоций или желаний. Надеюсь, это поможет тебе справиться со страхом.

Он поднял руку и поднес к моей руке, но не дотронулся. Его пальцы скользнули по воздуху, но я почувствовала жар этого почти прикосновения и вздрогнула.

- Связующий сок?

- Жидкость, которую выделяют наши члены. Я растер ее по твоему клитору во время осмотра, чтобы успокоить тебя. А потом, когда мы трахнули тебя, наше семя заполнило твою киску и пометило тебя. Связующие химические вещества в семени попадают в организм и становятся необходимыми. Это один из способов, которым воины Приллона устанавливают связь со своими партнерами.

- Вы что же, ребята, накачали меня своей спермой, как наркотиком? - уточнила я.

Он пожал плечами, не стесняясь признавать это.

- Наркотик – это не подходящее слово. Твое желание, твое согласие - это еще один знак того, что ты принадлежишь нам. Вот прямо сейчас - я еще не тронул тебя, но ты уже перевозбудилась. Или я не прав?

Теперь я тяжело дышала, в комнате будто стало жарче.

- Прав, - я должна была признать правду, потому что скрывать свою реакцию было невозможно.

- Тогда поверь мне, тебе будет хорошо. Сними. Рубашку.

Его голос звучал теперь ниже, резче. Он пытался развеять мое беспокойство, но его терпение подходило к концу. Я тоже это чувствовала.

Взявшись за подол, я потянула рубашку вверх, сняла и бросила на пол. Григг наблюдал за мной, не отрывая взгляда от моей обнажившейся груди. Странный бюст-гальтер был похож на земной, с косточками и чашками, но наполовину открытый. Он обнажал верхнюю часть груди, как деми-бюстгальтер, но только был гораздо более «деми», чем любой подобный предмет одежды на Земле. Казалось, если я вдохну полной грудью, соски выскользнут из чашечек.

Григг проверил мою догадку - он подцепил белую ткань вдоль края пальцами и подтолкнул ее вниз. Сосок оказался открыт, такой твердый и тугой. Когда он обнажил мой другой сосок, я ахнула - от холодного воздуха они напряглись еще сильнее.

- Боги, ты великолепна, - выдохнул он, перестав сдерживать дыхание. Я почувствовала, как его желание стало еще сильнее, особенно когда он скользнул костяшкой пальца по набухшей груди.

В тот момент я чувствовала себя прекрасной. Его глаза, выражение его лица были полны нетерпения, вожделения и темного желания. Я чувствовала его нужду, похожую на сжатую пружину. Наклонившись вперед, он взял один сосок в рот, посасывая и лаская языком. Я тут же зарылась пальцами в его волосы, крепко держась за него. Через минуту он переключился на другую грудь, повторил с ней то же самое и отстранился, посмотрев на обе. Соски были ярко-розовыми и блестящими от его стараний.

- Так-то лучше.

Я посмотрела на него полным желания взглядом. Я могла только кивнуть, потому что это действительно было лучше, но в то же время намного хуже, ведь теперь я жаждала большего.

Не отводя взгляда, он взял металлический стержень и поднес к моей груди. Он нажал на кнопку, и тот подстроился в ширину так, что круглые отверстия оказались прямо напротив моих сосков. Григг осторожно прижал инструмент к моей груди, слегка сдвигая мягкую плоть, чтобы сосок оказался в центре круга. Он сделал это с одним и с другим соском.

Я смотрела вниз и не могла оторвать взгляда от этого странного предмета. Я знала только о зажимах для сосков, которые были похожи на маленькие прищепки. Иногда с них свисали разные украшения или цепочки. Но это... это было что-то другое. Что это за штука? Зажим? Присоска? Я не представляла, чего ожидать.

Он встретился со мной взглядом.

- Все хорошо? - спросил он.

Было совсем не больно, металл был теплым, поэтому я кивнула.

Он нажал еще одну кнопку посередине, и загорелся бледно-желтый свет. Отверстия на кругах вокруг моих сосков начали сужаться, и когда Григг убрал руку, игрушка осталась на месте. Давление было не слишком сильным, но я ахнула – инструмент чуть-чуть сжал мои и без того чувствительные соски.

Цвет изменился на темно-желтый.

- Вот и все, - сказал Григг, снимая с себя рубашку и бросая ее на пол.

Боже мой. Его грудь была такой большой и мускулистой. У него были широкие плечи, в два раза шире моих, которые сужались к накачанному животу. Его огромный член был уже твердым, и Григг был готов взять меня.

\- Это все? - переспросила я, глядя вниз на свою грудь. Это было не больно, но и особого возбуждения не вызывало. - Такая себе игрушка, - я внезапно ощутила разочарование.

\- Ну, пока я тебя не трахаю, - возразил Григг.

Я нахмурилась, а он теперь разделся полностью. Его доспехи упали на пол, и он положил что-то на маленькую тумбочку между креслом и кроватью. Я не обратила на это внимания, потому что теперь не могла отвести взгляд от его оголенного стоящего члена, который полностью завладел моим вниманием.

\- Игрушка, как ты ее называешь, чувствует твое возбуждение, чувствует, что тебе нужно для достижения оргазма, и соответственно усиливает давление на соски.

Я снова посмотрела на безобидный объект.

\- Ты серьезно?

Он ухмыльнулся и подошел ближе, снял с меня оставшуюся одежду и оставил меня полностью обнаженной. Он даже аккуратно снял мой бюстгальтер.

\- Боги, только посмотри на себя. Мужчины на Земле говорили тебе, как ты прекрасна?

Я приоткрыла рот, вспоминая своих бывших. Но мне не удавалось вспомнить их лица – казалось, я забыла обо всех остальных после того, что пережила с Griггом и Равом.

Он поднял руку.

\- Не бери в голову. Тебе не нужно отвечать. Не смей думать о других мужчинах, когда ты со мной, иначе я отшлепаю твою идеальную задницу и буду трахать до тех пор, пока ты не вспомнишь, что принадлежишь мне.

Мне хотелось засмеяться, но я чувствовала, что это была не совсем шутка.

- Ты наша, Аманда. Мы партнеры. Ты это чувствуешь и знаешь.

Я покраснела, почувствовав через ошейник правдивость его слов, а еще вспышку возбуждения, которую он ощутил при взгляде на меня. Круги вокруг моих сосков слегка сжались, и я ахнула. Цвет на панели изменился на оранжевый.

Он подмигнул мне, зная, что зажимы затянулись.

- Мне нравится твое выражение лица, когда игрушка играет с твоими твердыми сосками. Теперь я хочу понаблюдать за твоим лицом, когда ты будешь кончать на моем члене.

Я не смогла сдержать стон, потому что именно эти слова мне так хотелось услышать.

Он сел на кресло, широко расставив ноги, и поманил меня пальцем.

Я двинулась к нему, и ощущение прибора на моей груди отвлекало еще сильнее теперь, когда зажимы затянулись.

Одной рукой он обхватил мою талию и притянул меня к себе, заставив оседлать его бедра. Моя грудь оказалась на уровне его лица. Едва касаясь, Григг облизал кожу вокруг металлического круга сначала на одной, потом на другой груди. Круг сжался сильнее.

Я схватилась за его волосы, пытаясь не дать ему отодвинуться. Я извивалась у него на коленях, и его твердый член терся о мой живот. Я чувствовала, как из него сочится смазка и размазывается по моей и его коже. Ее жар, связующий сок, как он это назвал, согревал меня и жаром расходился по всему телу, как наркотик. Это и *был* наркотик, потому что я жаждала его. Он был мне нужен. Одной маленькой струйки было недостаточно. Я хотела всего его, чтобы его член был глубоко во мне, а его семя наполнило мою киску.

- Как насчет... как насчет Рава?

Я не привыкла иметь двух мужчин. Что говорили их протоколы, можно мне было спать только с одним из них без другого? Будут ли они ревновать меня друг к другу?

- Он работает. А ты здесь, и тебе нужно испытать секс-игрушку и хорошо потрахаться. Нам не обязательно всегда быть втроем. Мы ненасытные, так что будь готова принимать своих мужчин утром, днем и ночью.

Носом он подтолкнул перекладину между моих грудей. Я задохнулась и нечаянно дернула его за волосы.

- Давай посмотрим, какая ты мокрая, как ты готова принять мой член.

Он отодвинул меня от себя, крепко сжав мои бедра и разместив мой зад у себя на коленях. Он раздвинул мои ноги, раскрывая киску, и между нами теперь было достаточно пространства, чтобы он легко мог видеть и трогать ее. Я положила руки ему на плечи, чтобы сохранять равновесие. Хоть я и знала, что он не даст мне упасть, мне нужна была опора.

- Не двигайся, - я не сразу обратила внимание на его слова, пока его правая рука не отпустила мое бедро и не накрыла мой влажный жар. Я знала, что была мокрой, потому что воздух охлаждал чувствительную плоть, покрытую соками.

Он исследовал меня двумя пальцами, не разрывая зрительного контакта. Я смотрела в его темные глаза, а его пальцы медленно, очень медленно двигались и заполняли меня. Его глаза, полные вожделения, нужды и желания возбуждали так же сильно, или даже сильнее, чем связующий сок в его сперме. Ни один мужчина никогда не смотрел на меня так, как он. Так, словно он умрет, если не трахнет меня. Как будто я была самой прекрасной женщиной в мире. Его желание вызывало привыкание, и я чувствовала свою власть над ним, несмотря на то, что это Григг здесь командовал и контролировал все. И эта двойственность сбивала меня с толку.

Я моргнула.

- Нет, Аманда. Не отводи взгляд, - Григг трахал меня пальцами медленно и чувственно, принося все больше и больше удовольствия, но только не разрядку, которой я так жаждала.

- Я не могу... ты слишком... - его пальцы проникли еще глубже, поглаживая вход в мою матку, и я дернулась от ощущений, напрягая бедра. Боже, он был так глубоко.

- Слишком что? - прорычал он.

Я покачала головой. Я не хотела или не могла ответить. Мозг отключился, когда игрушка на сосках внезапно стала темно-красной, и слабый удар током прошел сквозь чувствительные кончики, а зажим затянулся еще сильнее, заставив меня застонать.

Григг вздохнул и убрал одну руку от моей влажной киски, а другую - от моего бедра. Мне тут же стало холодно и пусто, слишком одиноко. Мне так нужен был физический контакт, его прикосновения. Теперь он не держал меня, и я могла встать и уйти, закончить ту игру, в которую мы играли. Но я не сделала этого. Я осталась на месте, тяжело дыша, открытая и напуганная собственным желанием угодить ему. Я хотела большего. Я хотела все, что он мог мне дать.

Когда я превратилась из блестящего шпиона в зависимую женщину, которая цепляется за него? Почему именно он? Рав тоже возбуждал меня, и с ним я чувствовал себя в безопасности, желанной и удовлетворенной, но в Григге было что-то, от чего я теряла голову. С Григгом я теряла себя, и это пугало меня больше, чем что-либо, больше, чем перестрелка во время автопогони, больше, чем сама смерть.

Совпадение на 99%... твой партнер будет идеальным для тебя во всех отношениях. Я вспомнила, как эти слова говорила мне Страж Эгара, и теперь они застряли у меня в голове. Это было единственное объяснение. Протокол подбора должен был работать, как они и обещали. И это означало, что Григг действительно был моим. Если это правда, он должен быть честным, верным, благородным. Если бы он был не таким, я бы не хотела его, меня бы не тянуло к нему так. Для меня важен характер. И значит, Григг точно был не из тех, кто готов использовать в своих интересах целую планету, как намекал Роберт. Он бы не сделал этого. ЦРУ ошибалось? Мы были новичками в Коалиции и поэтому ничего не понимали, или меня просто одурманила похоть, и я не хотела видеть правду?

- Ты солгала мне, Аманда.

- Что? - моя киска текла, соски сжимала игрушка, сердце колотилось, а в голове царила паника, и я не могла сообразить, о чем он говорит.

- Ты солгала насчет секс-игрушек. И, я боюсь, не только о них.

Я занервничала и попыталась сдвинуть ноги, но он сжал мои бедра, будто в тисках.

- Я не понимаю, о чем ты говоришь.

От его вздоха, его разочарования, которое я почувствовала через ошейник, у меня действительно заныло сердце.

- Что ты делала с коробкой?

- Ничего такого. Просто смотрела.

Что я могла сказать? *Ох, ну, Григг, я пыталась выяснить, как можно отправить анальные пробки и электронные зажимы для сосков на Землю, в ЦРУ?* Это было просто нелепо, и до меня, наконец, дошло, что именно такими и были мои действия. Неужели я так отчаянно стремилась выполнить приказ, что была готова отправить им игрушки из набора для анальных тренировок, чтобы они их разобрали на части и проанализировали? Это было глупо. А я не была глупой. Я редко врала сама себе, но, похоже, со времени своего прибытия сюда я только этим и занималась. Врала себе и своим партнерам.

Я молчала до тех пор, пока он не положил меня к себе на колени так быстро, что я не успела запротестовать. Моя задница оказалась в воздухе, а его рука лежала на моей спине и удерживала меня на месте. Он был осторожен и не касался прибора у меня на груди.

- Ты снова солгала мне.

Я покачала головой, уставившись на пол широко раскрытыми глазами.

Его рука приземлилась на мою ягодицу, и я ахнула от резкой вспышки боли.

- Какого черта ты делаешь?

- Шлепаю тебя. Я же сказал, что ты будешь наказана, если будешь лгать нам, - его рука шлепнула по другой ягодице, и по какой-то непонятной причине левая оказалась более чувствительной, чем правая. Я выгнулась в спине и вскрикнула от болезненного удовольствия, а жар накапливался под кожей и расходился на бедра, живот, клитор. Зажим на сосках затянулся сильнее.

Шлеп!

Шлеп!

Григг хмыкнул, и его грубая рука помяла мой зад там, где только что ударила. Снова зазвучал его хриплый голос:

- Твоя задница прекрасна, Аманда. Такая круглая. Такая роскошная. Она так приятно покачивается, когда я тебя шлепаю. Мне нравится, как она колышется, когда я трахаю тебя.

После следующего шлепка я потекла еще сильнее, и на этот раз импульс удовольствия передался прямо к моим сжатым соскам.

Шлеп!

Шлеп!

Шлеп!

Я извивалась, зажимы на сосках то сжимались, то ослабевали, пульсируя на чувствительных кончиках и щекоча их электричеством при каждом резком ударе Григга по моей заднице. Слева. Справа. Он шлепал меня снова и снова, пока я окончательно не потеряла контроль над своим телом. Я больше не могла терпеть.

Рука на спине удерживала меня, и я поняла, что мне некуда деваться, у меня нет другого выбора – только подчиниться. Казалось, вместо крови по венам бежала раскаленная лава, мои соки увлажнили бедра. Я вскрикивала, но не от обиды или боли, а от удовольствия. Невероятного, болезненного удовольствие. Боже, это было так неправильно, но мне было плевать.

Мне было чертовски жарко, я была на грани оргазма, и мне было плевать.

Мой разум стал совершенно пустым, и его заполняло только блаженство.

Мое тело полностью подчинилось ему, и я жаждала следующего резкого удара, ощущения его власти, ждала последней чувственной вспышки боли, от которой я кончу.

ГЛАВА 11

Аманда

Я так и не дождалась резкого всплеска удовольствия от удара его руки по моей заднице и протестующе заскулила.

Отталкиваясь от пола, я попыталась подняться с коленей Григга.

- Не двигайся. Я еще с тобой не закончил. .

Я мгновенно замерла, оставаясь полностью в его власти; командный тон его голоса заставил мою киску, ощущавшую неприятную пустоту, сжаться. Я хотела его член. Немедленно.

Он дотянулся до предмета на столике – того самого, на который я раньше не обратила внимания, и я поняла, что это была одна из анальных пробок из коробки.

Я уронила голову, не желая протестовать, потому что, по правде говоря, хотела иметь ее в своей заднице пока он будет трахать меня, а он это сделает, рано или поздно. Страсть, исходившая от него через ошейник, сводила меня с ума. Я хотела почувствовать себя заполненной полностью, до предела, присвоенной, как это было прошлой ночью.

Он быстро раздвинул мои ягодицы и ввел в меня смазку своим твердым пальцем. Я медленно и глубоко дышала, пока он это делал. Когда пробка вошла, я поняла, что она была больше, шире, чем казалась, и что он выбрал одну из пробок с выпуклой головкой и плоским концом, которая могла, оставаясь на месте, немного двигаться внутри меня, пока он трахал меня своим членом.

Сама эта идея заставила меня заскулить, и я схватила его ногу одной рукой.

- Да, подруга. Ты моя. Твоя киска моя. Твоя задница моя.

Его слова заставили меня изогнуться и насесть на растягивающую меня пробку. Григг засовывал ее в меня медленно и осторожно, пока мои мышцы не расслабились, и она не проскользнула внутрь, глубоко внутрь, так что мое тело сжималось вокруг пробки, пока ее плоский конец не уперся в мою задницу и не задержал ее. Я застонала, почувствовав, насколько я заполнена. Уже сейчас я могла почувствовать усиливавшееся давление на мою киску и засомневалась, что смогу выдержать еще и его член, заполняющий меня.

Будет ли мне больно, когда он будет меня трахать? И почему идея добавить боли к удовольствию стала для меня такой желанной?

- Трахни меня, Григг. Пожалуйста,- я потеряла всякое смущение и умоляла.

В ответ мой партнер снова шлепнул меня по заднице, и анальная пробка позволила почувствовать силу его удара также и в киске. Из меня вырвался крик.

- Что ты делала с коробкой, Аманда?

Черт подери! Опять это? Мое негодование достигло предела, и я почувствовала, как слезы навернулись на глаза.

- Ничего, ладно? Я вела себя глупо, - каждое слово было правдой, и Григг, должно быть, почувствовал это через свой ошейник, поскольку порка прекратилась, и я была поднята и перенесена к стене возле дальней стороны кровати.

Григг поставил меня лицом к стене, и я потянулась, чтобы потереть свою болящую голую задницу. Но у Грига были другие идеи: он схватил меня за запястья и, насколько я видела через плечо, его глаза были почти черными от напряжения.

- Нет. Твоя боль моя. Твое удовольствие мое.

Господи, он был настоящим животным, таким похотливым и примитивным, и мне это нравилось.

Он медленно покачал головой.

- Не прикасайся к себе.

Конечно. Как же я забыла. Так что я должна делать, позволить своей заднице пылать?

Он не заставил меня долго пребывать в недоумении. Он открыл небольшой отсек в стене - там обнаружился набор наручников, пристегнутых к металлическим петлям на уровне чуть повыше плеч. В считанные секунды мои запястья оказались в наручниках инопланетного вида. Он оттянул мои бедра назад и положил руку мне на спину, чтобы я прогнулась в талии, а прикованные к стене руки оказались выше головы. Игрушка, прикрепленная к моим соскам, свисала теперь вниз, и поэтому сжимала мои соски с необычным всасыванием, которого я раньше не чувствовала.

Едва я начала приходить в себя после этого, как Григг открыл другой отсек под кроватью и вынул длинный стержень и другой набор наручников, предназначенный для моих лодыжек. Я не сопротивлялась, когда он раздвинул мои ноги и заковал их тоже - теперь длинный стержень между лодыжками не давал мне сдвинуть ноги, и Григг мог получить все, что хотел.

———

Григг

Голая задница моей партнерши была розовой от наказания, анальная пробка хорошо зафиксирована, увеличивая ее удовольствие и подготавливая ее тело для того, чтобы Рав и я заполнили ее двумя членами. Ее лодыжки были обездвижены и широко расставлены для моего удовольствия. Я наклонил ее вперед - задница в воздухе, тяжелые груди раскачиваются снизу, длинные элегантные руки удерживаются другой парой наручников на стене. Ее экзотические черные волосы оттеняли светлую кожу, обрамляя ее красоту.

Наши ошейники позволяли мне быть в гармонии с каждым ее желанием, каждой реакцией. Я толкал ее, но если бы она была испугана, если бы я начал делать то, чего она не могла вынести, я узнал бы в ту же секунду. Но ее эмоции были сбивающей с толку бурей похоти и стыда, фрустрации и желания, жажды и вины. Страха не было. Моя маленькая земная шпионка раскрывалась, отдавая себя мне, но этого было недостаточно. Она все еще цеплялась за контроль, а я? Я хотел всего.

Она была моей. Целиком. Каждый прекрасный, мягкий, влажный, совершенный сантиметр ее тела.

- Моя, - прорычал я и, шагнув вперед, коснулся входа в ее киску своим членом. Это слово возбудило ее, и я глубоко вошел одним медленным уверенным движением. Потянув за волосы, я задрал ее голову и повернул так, чтобы она смотрела назад через плече прямо мне в глаза, и повторил:

- Моя. Моя, черт подери.

Ее киска сжала меня, как в кулак, и я застонал, довольный ее реакцией. Она была такой мокрой, такой горячей. Ее внутренние мыщцы немедленно начали пульсировать и сдавливать мой член.

Я держал одну руку на ее волосах, фиксируя ее взгляд на мне, и сместил свое положение, входя глубже, приподнимая ее ноги от пола с каждым толчком моего твердого члена. Я собирался дотянуться до ее клитора, но вместо этого просто трахал ее сильнее, едва выдерживая дополнительное давление анальной пробки. Она была тугой и без пробки, а уж с ней...

Боги. Такая тугая. Такая мокрая. Такая горячая.

Я шлепнул ее с силой, достаточной для того, чтобы вызвать всплеск ощущений в ее уже воспаленной заднице, и чтобы напомнить ей, что я все контролирую, что она моя, и я могу делать с ней все, что захочу. Моя награда не заставила себя долго ждать: она застонала, двинув бедрами, чтобы я мог войти глубже. Ее соки оросили мой член.

Отчаяние затуманило ее разум, желание кончить переполнило ее и выдало себя через нашу связь.

Я знал, что одного прикосновения к ее клитору будет достаточно, чтобы она рассыпалась в моих руках. Но я этого не сделал. Не в этот раз. В этот раз я хотел, чтобы мое семя взорвалось внутри нее, связующий сок насытил ее чувства и заставил ее кончать, снова и снова.

Одной мысли о моем семени внутри нее оказалось достаточно. Мои яйца напряглись, сперма вырвалась вперед, и я с рыком разгрузился в нее.

Она оставалась полностью неподвижной, как будто

замороженной или в состоянии шока, когда мое семя заполнило ее и моя власть над ней укрепилась.

Я чувствовал, что разрядка нарастает в ней, готовая к извержению, как ионный взрыв в космосе, но она сдерживалась. Ради меня.

- Пожалуйста, - она ждала, выразив свою нужду в одном слове.

Я еще не дал ей разрешения дать себе волю.

В тот момент я был потерян. Прежде я восхищался ею, считал ее красивой, умной, храброй. Но один этот поступок превратил все эти эмоции в нечто настолько ослепляющее и смиренное, что я понял: этого я раньше не испытывал. Любовь. Это должна быть любовь.

Я накрыл ее своей грудью и тихонько поцеловал в щеку; ее лицо было все еще повернуто ко мне, волосы в моей твердой руке. Один поцелуй, и я освободил ее.

- Кончи, любимая. Прямо сейчас. Я тебя держу.

Ее тело затрепетало, и я накрыл ее собой, обхватив за талию и крепко обнимая, когда она рассыпалась на миллион кусочков в моих руках. Когда первая волна блаженства отступила, мне понадобилось только сделать движение бедрами, и она взорвалась снова. Во второй, в третий раз.

Мой член напрягся внутри нее, готовый трахать ее снова. Я начал это делать, на этот раз мягко, едва двигаясь, поскольку ее набухшая киска туго сжимала мой член, и мое удовольствие было столь сильным, что я не хотел выходить из ее влажного тепла. Боги, она была совершенна.

Выпустив ее волосы, я обхватил ее груди, сняв игрушку с сосков, чтобы я мог играть с ними сам, осторожно потягивая и лаская их, в то время как ее задница покачивалась под моими бедрами, а спина, такая мягкая, длинная и элегантная, изогнулась под моей грудью.

Она слишком много двигалась, и я укусил ее за плечо, чтобы удержать на месте. Какой-то скрытый животный инстинкт затуманил мое сознание, и я излил семя в нее во второй раз.

Ее следующий оргазм был бурным и быстрым, и я не хотел, чтобы она сдерживалась. Я знал, что она не сможет противостоять связующей силе моего семени, слишком мощной, слишком интенсивной. Она не могла не кончить. Ее крики эхом раздавались в нашей спальне, как самая сладкая музыка, которую я когда-либо слышал, и я знал, что никогда не смогу насытиться ею. Никогда от нее не отступлюсь.

Когда наше дыхание успокоилось, я освободил ее из оков и аккуратно извлёк анальную пробку из ее задницы. Закончив, я обнял ее и устроился с ней на кровати для столь необходимого восстановления.

Она прижалась ко мне, как довольный домашний зверек, и я гладил ее потную спину, ее щеку, каждый кусочек кожи, до которого мог дотянуться, и поражался глубине своей преданности. Я знал, что мои чувства станут известны ей через ошейник, и одобрял эту связь. И все же я не забыл тот факт, что моя маленькая партнерша определенно была шпионкой своего мира, посланной, чтобы проникнуть сюда и предать меня.

Но меня это больше не заботило. Ее протестировали и подобрали для нас. Вполне возможно, что у нее и были какие-то скрытые мотивы, но отрицать нашу связь было нельзя. Она была моей, и мне нужно было просто постараться и заслужить ее преданность, ее доверие. Остальное отпадет само собой. Я хотел ее любви, но был реалистом. На это потребуется время, которого мне могло не хватить. Бойцы из ее мира должны были прибыть через два дня. Впервые я пожалел о своем решении позволить им транспортировку так скоро, поскольку у меня не было сомнений, что в среде солдат Земли окажутся дополнительные шпионы. У меня оставалось мало времени на то, чтобы завоевать мою партнершу, поскольку не было сомнений, что они попытаются склонить ее к своему образу мыслей. Они будут давить на нее, вынуждать работать в интересах Земли, а не в ее собственных.

Каковы ее собственные интересы? Быть с ее партнерами, двумя мужчинами во всей вселенной, которые идеально ей подходили.

Я накрыл нас мягким синим одеялом, и меня наполнило удовлетворение, когда ее рука скользнула по моей груди, а ее нога переплелась с моей. Ее разум был чист, опустошен. Счастлив. Это чувство было захватывающим, и я осознавал, что уничтожил бы миры, чтобы удержать ее здесь, в своих объятиях. Даже думая об этом, я знал, что сейчас испорчу момент.

- Аманда.

- Да?

- Я думаю, нам нужно поговорить.

Ее тело напряглось, и я проклял себя за глупость, но выхода не было. Я должен был знать правду. Мне было *необходмо*, чтобы она доверилась мне настолько, чтобы сказать правду. Если то, что между нами только что произошло, не продемонстрировало, какая близость и доверие могут существовать между нами, то я не знаю, что еще могло бы это сделать.

- Хорошо. О чем ты хочешь поговорить?

Она оперлась руками о мою грудь, и я позволил ей подняться, наблюдая, как она села и подвинулась к изголовью кровати, натянув одеяло, чтобы полностью прикрыться. Я немножко ненавидел себя в этот момент. Почему я не мог просто наслаждаться моментом, ощущением ее, такой мягкой и довольной, в моих объятиях? Даже пять жалких минут?

Потому что я был командиром, ответственным за тысячи солдат и миллиарды жизней обитателей тех миров, которые мы защищали в этом секторе космоса. Потому что я хотел от нее правды, хотел знать, была ли та настоящая связь, которую мы испытали во время секса, лишь средством для достижения ее главной цели - шпионить на свою планету, предать Коалицию и меня.

Черт возьми, я хотел, чтобы ее единственной целью было формально стать нашей с Равом партнершей, признать наши права на нее и остаться с нами навсегда.

Пока она не сделала свой выбор, я не мог игнорировать ту угрозу, которую она представляла.

- Что такое, Григг? Я ощущаю, как работает твой мозг.

- Рав связался со Стражем Эгара на Земле.

- Да? Зачем?

Ее пронзила тревога, и я знал, что Рав был прав.

Подвинувшись, чтобы сесть рядом с ней, я облокотился спиной о стену, но не стал прикрываться. Я был бойцом, а не девицей. И поскольку мой член уже был снова в полуготовности, все еще липкий от ее соков и моего семени, это, возможно, поможет убедить ее, насколько она важна для меня, что я неравнодушен к ней больше, чем могу себе позволить в данных обстоятельствах.

- Он интересовался тобой, откуда ты прибыла, как ты была выбрана первой невестой из твоего мира.

Она прикусила нижнюю губу и крепко прижала простыню к груди, косточки пальцев побелели.

- Я не настолько интересна.

- Напротив, я считаю, что агент правительственного

ведомства, посланный для проникновения и шпионажа на инопланетный корабль - это невероятно интересно.

Она замерла, ее темные глаза были скрыты, поскольку она медленно прикрыла глаза; шок и облегчение в равной степени передавались мне через ошейник.

- Что?

- Ты меня слышала, подруга.

Она потрясла головой.

- Я не понимаю, о чем ты говоришь.

Я пожал плечами.

- Я вижу, ты хочешь очередной порки.

- Нет! - ее отказ был резким и немедленным.

- Лжешь, Аманда. Хватит лгать. Что ты уже отправила домой своему любимому ведомству?

Ее плечи взгрогнули, и мне захотелось победно сжать кулак, когда я почувствовал, что она приняла решение поговорить со мной начистоту.

- Ничего.

- Зачем ты здесь?

- Видишь ли, вся эта Межзвездная коалиция - новинка для нас. У нас никогда не было никаких доказательств предполагаемой атаки Улья на Землю. Черт, у нас даже не было никаких доказательств самого существования Улья. Вы приходите на Землю и требуете женщин и солдат для *защиты,* - произнося это слово, она подняла руки и сделала странный жест, сгибая первые два пальца на каждой из них.

- Все это несколько надуманно и выгодно для сил Коалиции. Это похоже на выколачивание мафией денег за защиту.

Я не понял половины ее слов, но я уловил смысл, стоящий за ними. Земля не доверяет нам.

- Улей вполне реален, Аманда. Я сражаюсь с ними почти всю свою жизнь.

Она подтянула колени к подбородку и положила на них согнутые руки; ее щека покоилась на них, когда она повернула голову, глядя на меня изучающим взглядом.

- Это ты так говоришь, Григг. Но если эта угроза столь реальна, почему бы не дать Земле оружие для самозащиты? Или, по меньшей мере, поделиться некоторыми лечебными технологиями, которые я здесь видела. Одна только технология регенерации могла бы спасти миллионы жизней.

Темные глаза Аманды были такими серьезными, такими задумчивыми, и я понял, что наслаждаюсь этой ее стороной так же, как наслаждался дикой соблазнительницей, которая так замечательно удовлетворяла мои сексуальные нужды.

Моя рука дрожала, когда я поднял пальцы, чтобы погладить изящный изгиб ее скулы, обвести нежные очертания ее лица. Она не отстранилась и не отказала мне, просто смотрела на меня со спокойным, умным выражением лица, к которому я начал привыкать и которым начинал восхищаться.

- Наша технология регенерации могла бы спасти миллионы жизней, любимая, но и могла бы быть использована, чтобы убить еще миллионы. Вот почему мы не считаем разумным делиться ею с лидерами вашего мира. Они враждуют из-за земель и религии, воюют и убивают десятки тысяч, в то время как сами уже обладают технологией, чтобы накормить голодных, исцелить больных, заботиться обо всех гражданах Земли. Они не уважают друг друга в равной степени, не дают знаний своему народу, не уважают и не защищают женщин. Мы были бы глупцами, если бы передали столь мощное оружие таким примитивным умам.

Я смотрел, как она воспринимала мои слова, оценивала их истинность и соглашалась с тем, что я сказал. Я не лгал, и наши ошейники передавали мою искренность ей с той же ясностью, как и ее сомнения мне.

- Что насчет Улья?

Мой большой палец нашел ее нижнюю губу и задержался там, дразня ее пухлую поверхность, пока она не открыла рот, впуская меня достаточно, чтобы прикусить зубами.

- Я не хочу, чтобы ты оказалась рядом с этими злобными подонками. Но если тебе нужны доказательства, я возьму тебя на командный мостик утром. Наши бойцы планируют уничтожить одну из их Интеграционных пунктов. Я покажу тебе, что ты хочешь увидеть, Аманда, но ты не обнаружишь то, что хочешь найти.

- И что же это?

- Подтверждение надежд Земли, что угроза сфабрикована. Улей – нечто опасное и ужасающее. Наши воины предпочитают умереть, чем попасть в плен. Улей поглощает всю жизнь, с которой сталкивается, с безжалостностью, которая может исходить только из разума машины. Сейчас ты полна подозрений, любимая. Но завтра ты будешь охвачена ужасом.

Она подняла свой подбородок, и мой палец выскользнул у нее изо рта.

- По крайней мере я узнаю истину.

Я покачал головой и притянул ее обратно в свои объятия.

- Нет. Ты уже знаешь истину. Ты уже знаешь: то, что я тебе сказал - правда. Тот мир, из которого ты прибыла, те люди, на которых ты работала, и которые думают, что ты по-прежнему на них работаешь, уже больше не твои. Ты теперь гражданка Приллона. Ты - боевая невеста Приллон-Прайма, леди Закар. Я говорю тебе правду. *Мы*

- это правда. *Ты* являешься свидетелем этой правды здесь, сейчас, с нами. Ты просто не хочешь принять ее.

Она не ответила, да и что она могла ответить? Она больше не спорила, потому что ее сведения были односторонними. Завтра, когда я приведу ее на командный мостик, когда она получит всю необходимую информацию, чтобы сделать взвешенное суждение, мы продолжим беседу.

Аманда заснула в моих объятиях, а я смотрел в потолок, пока Рав не вернулся со своей смены. Он взглянул на нас, на брошенные игрушки, все еще лежащие на полу, и усмехнулся:

- Ты измотал ее?

- Она сказала мне правду, - ответил я тихим голосом, чтобы не разбудить ее.

Это заинтересовало Рава.

- Она призналась, что была шпионкой?

- Да. Я возьму ее на командный мостик завтра утром, чтобы она смогла наблюдать, как наши боевые корабли поразят их ближайший Интеграционный пункт.

Рав поморщился и сбросил одежду.

- От этого ее вывернет. На прошлой неделе мы потеряли целое звено.

Я почувствовал гнев Рава через ошейник, и Аманда пошевелилась. Видимо, она почувствовала его тоже, даже во сне.

- Я знаю. Но она требует правды, наша человеческая партнерша. И я обещал дать ее ей. Чем раньше она ее увидит, тем быстрее она станет нашей. Полностью.

Раздевшись, Рав забрался в постель позади Аманды и провел рукой по изгибу ее бедра. Он замер и закрыл глаза; его усталость тяжело давила на меня через нашу связь.

- Ей всего лишь кажется, что она хочет это знать. Это ужаснет ее, Григг. Это перебор. Мы можем потерять ее.

- Мы потеряем ее, если не позволим ей увидеть истину своими глазами.

Рав уступил, поскольку мы оба знали, насколько упрямой могла быть наша прекрасная партнерша.

- Надеюсь, ты знаешь, что делаешь, Григг.

- Я тоже.

ГЛАВА 12

Аманда

Командный мостик *линкора Закар* был совсем не похож на то, что я представляла. Я не раз видела «Звездный путь» и думала, что там будет несколько кресел напротив смотрового экрана, и в центре, как король на троне, будет восседать командир.

Смешно вспомнить.

В круглой комнате был центральный проход и несколько смотровых экранов, которые спускались с потолка в центре. Дополнительные экраны занимали верхнюю треть наружных стен. Помещение было размером с небольшое кафе, и активности в нем было больше, чем я ожидала. На экранах отображались планеты и внутренние системы корабля, сообщения и планы полетов, схемы и отчеты, которые я ни за что бы не поняла. Похоже, изображения на экранах контролировались несколькими офицерами Григга, которые были размещены вдоль внешнего края помещения. Около тридцати офицеров различного ранга обслуживали рабочие станции или куда-то спешили. Общение между ними было точным, организованным. Воины работали вместе, как хорошо отлаженная машина.

На некоторых из них была черная броня закаленных в боях воинов, на инженерах была синяя форма, а красная – на тех, кто отвечал за оружие. Трое воинов были одеты в белое. Я не знала, чем они занимались, и не хотела прерывать их работу, чтобы спрашивать. Воздух был наполнен напряжением. Эта энергия передалась моему партнеру, а через него и мне. Он был готов наблюдать за тем, как его воины отправятся в бой.

Детский сад, расположенный несколькими этажами ниже, был полной противоположностью командного отсека. Там чувствовалась жизнь. А здесь... жизнь *и* смерть.

Для них эта битва не была первой, но для меня была. У меня вспотели руки, и я вытерла ладони о мягкую ткань своей синей туники. Я следовала за Григгом по комнате, как щенок, слушая все, что он говорил, смотря на все и впитывая всю информацию, какую только могла. Те офицеры, которые отводили взгляд от мониторов, кивали мне почтительно. Но мне казалось, что это уважение отвлекало их внимание. *Я*, как мне казалось, отвлекала их, Григга. Но он хотел, чтобы я увидела это. Ему это было необходимо.

Я видела дисплеи с оружием, системы отслеживания и навигации, при виде которых у астрофизиков и инженеров из NASA потекли бы слюнки. Все это было здесь, и Григг ничего от меня не утаил. Ничего.

- Командир, Восьмое боевое крыло готово. Транспортный шаттл – тоже.

Григг кивнул. Он говорил мне, что боевые крылья подавят любое сопротивление, в то время как шаттл заберет пленных, захваченных Ульем. Крылья были защитой, мышцами беззащитного шаттла. После освобождения пленных бойцы должны будут уничтожить небольшой аванпост Улья. Мой партнер подошел к единственному пустому креслу в помещении. Оно находилось между красным отделом управления оружием и синим – инженеров. Григг жестом велел мне сесть позади него, что я и сделала.

- Четвертое? – спросил он.

- Готово, сэр.

- Вызови капитана Уайла.

- Есть, сэр.

Несколькими секундами спустя на экране, находившемся прямо передо мной, появилось лицо воина Приллона с золотыми глазами. Оно было слегка закрыто шлемом пилота.

- Командир?

Григг встал и стал расхаживать.

- Уайл, каков твой статус?

Глаза капитана забегали: он проверял данные и системы, которые были не видны нам.

- Мы готовы, командир. Я вижу только три разведовательных корабля, солдат нет. Ликвидация должна пройти без проблем, сэр.

Григг кивнул:

- Хорошо, капитан. Это твоя операция. Мы будем следить за ситуацией отсюда. Даю разрешение на выполнение миссии.

- Ясно.

Лицо капитана исчезло с экрана, но Григг стал ходить еще быстрее, бормоча себе под нос.

- Что-то не так. Слишком, черт возьми, просто.

Крупный воин с золотыми обручами на запястьях, – тот атланский командующий, которого я помнила, –

отвернулся от своего места у экрана с оружием к Григгу:

- Вы хотите, чтобы я их отозвал?

Григг покачал головой:

- Нет, теперь все в руках капитана Уайла.

- Информация подтверждается, сэр. Разведовательные патрули не засекли иного присутствия Улья на луне. Там только Интеграционные пункты.

У гиганта были темно-каштановые волосы, а его кожа была больше похожа на человеческую, чем у кого-либо на этом корабле. Его броня была черной, а не красной, и, судя по напряженным складкам вокруг его глаз и рта, он был так же не рад, что застрял здесь во время этой операции, как и Григг.

- Я знаю.

Взгляд Григга метнулся ко мне. Мне было совершенно ясно, что частично причиной этой его тревоги, нервной напряженности была я. Я легко почувствовала это через ошейник, но это ощущение было и в воздухе. Давление, накал того, что скоро произойдет. Я хотела коснуться его и уверить, что я в порядке. Я бывала и в более страшных ситуациях. Я не нежная тихоня, чтобы меня защищать и укрывать. Я хотела знать, что происходит там. Мне было необходимо это знать.

- Началось, - объявил молодой воин в белом.

Все поспешно повернулись к своим мониторам. В считанные секунды на нескольких экранах появились вспышки выстрелов, взрывов. Комнату заполонили приглушенные звуки боя. Изображение было похоже на то, как будто к кабинам пилотов космических истребителей были прикреплены камеры. Десяток разных экранов отслеживал пилотов, которые сражались с кораблями Улья. Для нас взрывы казались приглушенными, как и быстрые переговоры бойцов. Их голоса смешались в постоянный поток, который у меня не получалось разбить на понятные части.

- Двое у тебя на хвосте.

- Огонь! Огонь! Огонь! У меня еще трое приближаются с той стороны луны.

- Вижу.

- Откуда они взялись? Черт. Я не вижу их.

- Уайл, меня подстрелили!

- Катапультируйся, Бракс! Сейчас же!

Григг зарычал, а один из мужчин в белом принялся торопливо делать что-то на своей рабочей станции, переговариваясь с кем-то, кого я не видела. Что бы он ни делал, это было запланировано, так как Григг тут же повернулся к нему.

- Шаттл?

- Не годится. Они уже на поверхности. Ближайший корабль в трех минутах.

- Черт. Не успеют, - челюсть Григга напряглась. Я поняла: он считал, что воин обречен.

Предсказание Григга оправдалось: в пилота, парящего в космосе, как плавучая мишень, летела яркожелтая вспышка. Я задержала дыхание, когда сфера поглотила его. Его крики агонии заполнили помещение. Тем временем воины в истребителях вокруг него вступили в действие, уничтожив корабль Улья, который сделал выстрел.

- Убейте гада!

- Бракс! Черт!

- Шевелитесь, Четвертое крыло. С поверхности идет еще больше.

- Черт. Сколько? Я ничего не вижу.

- Не вижу... погоди. Черт. Десять. Нет, двенадцать. Кто-нибудь может подтвердить, что их двенадцать?

- Тут еще три. Отмена задания. Их слишком много, - я

узнала голос капитана Уайла. – Команда шаттла, убирайтесь оттуда. Сейчас же. Все истребители – в защитную формацию. Уходим отсюда. Командир Закар? Это Уайл.

- Я здесь.

- Мы под вражеским огнем. Системы ничего не отображают, но визуально их пятнадцать, и они нас преследуют.

- Принято. Держитесь. Мы в пути.

- Поторапливайтесь, командир, иначе мы все умрем.

Григг повернулся к одному из воинов в красном.

- Срочный взлет Седьмого и Девятого. Сейчас же. Все пилоты. Я хочу, чтобы они вылетели через шестьдесят секунд.

Воин не ответил, лишь повернулся к своему экрану и стал говорить с кем-то. От его рабочей станции исходили яркие вспышки света, раздавались предупреждающие сигналы.

Высота обзора и масштабы изображений сменялись так резко, скорость движения на экранах была такой высокой, что я покачнулась. Я была рада, что могла держаться за свое кресло, пока на меня надвигалась дурнота. Твердо решив не отворачиваться, я попыталась понять изображения, которые двигались с такой скоростью, что у меня кружилась голова. Я чувствовала себя беспомощной, слабой, бесполезной. Я могла только представить, что ощущал Григг, ведь его бойцы, которыми он командовал, находились под обстрелом. Умирали.

Судя по разговорам пилотов, которые слышались тут и там, они отбивались от погони. Прозвучало несколько радостных возгласов, когда прибыло подкрепление, и истребители Улья прекратили преследование. Они развернулись, чтобы улететь в противоположном направлении и вернуться туда, откуда они взялись.

Голос капитана Уайла прозвучал громко и ясно.

- Они сбегают, сэр. Вы хотите, чтобы мы устроили погоню?

- Нет. Я хочу узнать, как нас могла застать врасплох целая чертова эскадра разведовательных кораблей Улья.

- Вас понял, сэр.

Комнату заполнил деловой шум – похоже на то, как бывает после взрыва, когда все приходят в себя и приступают к ликвидации последствий. Я откинулась в кресле; пульс стучал в ушах, а мысли роились, когда я слушала отчеты пилотов. Битва была настоящей, а бедный пилот, Бракс, погиб. Но мое любопытство так и не было удовлетворено. Я хотела увидеть лицо нашего врага, я хотела *знать*, кто это на самом деле.

Я была так напряжена, что, казалось, меня стошнит. Часть этого напряжения принадлежала мне, но немалая доля пришла от Григга. Энергия и ярость накрывали его лавиной чистой ненависти такой интенсивности, что я едва способна была ее воспринять. Григг *ненавидел* Улей с таким неистовством, что для меня это было как удар под дых. И я еще сомневалась в этой войне. Сомневалась в *нем*.

Однако с виду лицо моего партнера было холодным, спокойным, словно гранит. Я восхитилась его железным контролем, который сдерживал бурю мощных эмоций, кипевшую в его теле. Мое восхищение все росло, когда он своим ровным голосом и уверенным поведением вселял уверенность в команду. Его сила сдерживала хаос. Только его воля стояла между жизнью и смертью для стольких – и тех, что были с нами на корабле, и тех, что сражались в космосе.

К Григгу повернулся воин в белом.

- Шаттл доложил, что они подобрали с базы Улья двоих выживших, сэр.

Плечи Григга напряглись. Через нашу связь меня заполнила застарелая, глубокая боль, как от сломанной кости, которая никак не срасталась. А снаружи? Он ничего не показал, даже глазом не моргнул, не нахмурился. Я хотела утешить его, обнять его, забрать хотя бы часть его боли.

- Предупредите медиков.

- Есть, сэр.

Тогда Григг повернулся ко мне и протянул руку. Его челюсть была напряжена. Каждая частичка его тела была напряжена.

- Ты хочешь увидеть нашего врага в лицо, понять его?

- Да, - я положила свою руку на его, и он легко поднял меня на ноги.

Он вздохнул, и его губы превратились в тонкую нить; я уже знала, что так он выражал опасение.

- Хорошо, Аманда. То, что ты увидела битву - уже скверно. Пойдем со мной. Только не говори, что я тебя не предупреждал, - я пошла за ним, а он обратился к крупному воину, находящемуся на другой стороне комнаты: - Трист, командный мостик на тебе.

- Есть, сэр. Леди Закар, какая честь.

- Спасибо.

Воин-гигант поклонился мне, когда мы проходили мимо. Григг вывел меня в коридор; моя рука в безопасности покоилась в его теплой ладони. Только от одного его прикосновения я чувствовала себя надежнее. Я надеялась, что мое касание его хотя бы немного успокаивало.

- Куда мы идем?

- В медпункт.

———

Конрав, пункт медицинской помощи номер 1

• • •

Я содрогнулся, когда двух зараженных воинов, выживших на базе Улья, доставили на носилках с шаттла.

Мы постараемся спасти их. Мы *всегда* старались.

- Доктор Роум?

- Я здесь.

Этот уравновешенный доктор перевелся сюда после того, как его единственный сын погиб в секторе 453. Он на двадцать лет старше меня и видел больше интеграций Улья, чем я мог себе представить. Моя цель, цель Григга – никогда не догнать его.

Два тела дергались, пытаясь вырваться из оков, которыми они были прикреплены к столам для осмотра. Два дня назад они были молодыми воинами Приллона в расцвете сил, которые были потеряны разведдозором. А теперь?

Они все еще были воинами, но ничего не помнили о своем прошлом. Их личности были стерты, как мне рассказывали, постоянным шумом в их мозгу. Как и все воины, они были крупными, а с новыми имплантами Улья они уступали силой только нашим атланским воинам в режиме берсерка. Микроскопические биоимпланты, внедренные в их мышечную и нервную системы, делали их сильнее, быстрее, живучее, чем мы, низшие существа.

Чертов Улей.

- Которого вы хотите?

Доктор Роум пожал плечами:

- Возьму правого.

Я кивнул, и он двинулся вперед, приказав команде перевезти его пациента к операционному столу. Ну а я отправлюсь налево со своей командой и воином, на шее которого все еще был темно-оранжевый ошейник партнера из клана Минтар.

Черт. Я знаю его.

Дверь в медицинский пункт открылась. Я понял, кто за ней был, еще до того, как Григг и Аманда вошли в комнату. Я жестом велел своей команде начинать без меня и приготовить воина, а сам свирепо посмотрел на Григга.

- Ей здесь нечего делать. Ты совсем из ума выжил?

Она не воин и не доктор. Она не должна видеть эту боль, эти отвратительные реалии войны.

Взгляд Григга был холодным, тяжелым и совершенно непреклонным.

- Она должна увидеть, что происходит с нами, что произойдет с Землей.

- Нет, - я повернулся к нашей партнерше, к ее мягким карим глазам – таким невинным, таким упрямым. – Нет, Аманда. Я не позволю. Ты не должна это видеть. Я говорю как твой второй. Мое единственное желание – защитить тебя, оградить от всего этого.

Зараженный воин по правую руку от меня ревел и бушевал, пока операционная бригада пыталась ввести ему успокоительное, чтобы извлечь центральный процессор, вживленный Ульем. Аманда подпрыгнула от этого звука, и я покачал головой. Если воин выживет, его отправят в Колонию доживать остаток своей жизни в покое.

Большинство не выживало.

Я не мог позволить ей увидеть эти ужасные страдания. Я не хотел, чтобы ее коснулась мерзость Улья.

- Нет, Аманда.

- Пожалуйста, Рав? – ее глаза пылали. Она не жаждала увидеть жестокость того, что Улей с нами делал, она просто хотела знать правду. – Мне нужно увидеть это самой.

- Нет, - повторил я. Мой первый инстинкт – защитить мою партнершу. Она уж точно не будет смотреть, как один из этих воинов погибнет на операционном столе.

Григг зарычал, и я знал, что возненавижу то, что он сейчас скажет. Я не ошибся.

- Покажи ей, Рав. Это приказ.

- Черт, - я покачал головой. – Я тебя сейчас чертовски ненавижу.

- Я знаю.

Я не мог смотреть на него и повернулся к своей команде. Аманду я тоже игнорировал, но они с Григгом следовали за мной, словно тени.

Воина прикрепили к операционному столу специальными оковами, созданными именно для этой цели. Импланты Улья делали зараженных такими сильными, что нам пришлось разработать специальные сплавы, чтобы сдерживать их.

Воин, которого забрал доктор Роум, успокоился. Я знал, что его судьба будет решена в следующие несколько минут. Я выбросил его из головы. Сейчас он был в руках доктора Роума. А мне нужно беспокоиться о собственном пациенте.

Кожа воина, лежащего на столе передо мной, была серебряной начиная от шеи. Серебряными были его лицо и виски, но по какой-то таинственной причине Улей не стал трогать его лоб и волосы. Его левая рука была полностью механизирована. Роботизированные ячейки открывались и закрывались, а скрытые в них маленькие гаджеты и оружие искали цель. Его ноги казались нормальными, однако нельзя быть до конца уверенными, пока мы не разденем его догола и не проведем полное обследование.

Мы не будем этим заниматься, если он не переживет следующие пять минут.

- Введите ему успокоительное, сейчас же.

- Есть, доктор.

Аманда находилась возле его ног. Я не мог смотреть на нее, пока мой пациент вырывался и кричал. Его слова смешались в неразборчивый ком звуков. Шум вскоре стих, и, согласно биомониторам на стене, он перешел в бессознательное состояние.

- Переверните его.

Четверо медсотрудников поспешили выполнить мой приказ. Всех их я знал и всем доверял. Эти люди уже проходили со мной через этот ад. Раз за разом.

Посмотрев через плечо, я знаком подозвал незанятую сотрудницу. Молодая женщина, только недавно ставшая партнершей, и которая еще не видела ужасов этой войны, поспешила ко мне.

- Да, доктор?

- Пожалуйста, сообщите капитану Минтару лично, что его второго спасли с интеграционного пункта Улья, и что он обрабатывается в медпункте номер 1.

Капитан Минтар поймет то, что не было сказано, и, если он умен, будет держать свою партнершу, Мару, подальше отсюда.

- Он на командном мостике, - добавил Григг. – Черт.

Она поспешила выполнять приказ, донести новости до третьего по важности человека на борту. Аманда подняла руку и прикрыла ею рот.

- Минтар?

- Да.

Аманда ахнула, и я повернулся к ней.

- Ты в порядке?

- Да, просто... Мара. Я знаю ее. Она... Он партнер Мары?

Я посмотрел на Григга, и он кивнул. Теперь нет места секретам и недосказанностям. Я смягчил тон, отвечая ей:

- Да, подруга. Это второй Мары.

- Боже.

Григг отвел ее к краю небольшой операционной площадки, придерживая за талию. Я вновь сконцентрировал внимание на воине, который находился между жизнью и смертью. Теперь он лежал на боку. Моя команда срезала броню, закрывающую его спину. Легко можно было увидеть новый шрам – отметину длиной чуть больше десяти сантиметров вдоль левой стороны позвоночника, недалеко от сердца.

- Поле биоцелостности? – спросил я, заняв свое место у его спины.

- Активировано и в полной готовности, доктор.

Энергетическое поле, окружающее его тело, предотвратит инфекцию или перекрестное заражение, когда мы вскроем его. Я слегка повращал плечами, стараясь снять напряжение, которое держало меня как в микроскопических тисках. Иногда я ужасно ненавидел свою работу. В эти моменты я был не врачом, который лечит больных, а мясником и чаще всего убийцей.

Я не расстреливал разведчиков Улья в воздухе, не разрывал их голыми руками на поле боя. Но я вызвал смерть многих прямо здесь, в этом помещении, предназначенном для лечения. И что самое шокирующее – каждый из них скорее всего поблагодарил бы меня, если бы мог.

Кто-то передал мне пару хирургических перчаток, и я надел их. Другой человек поместил ионное лезвие на поднос, находящийся по левую руку от меня. Вскрытие – варварское, чрезвычайно жестокое действие. Но это единственный способ извлечь посторонние объекты, которые Улей вживлял в наших воинов, в наших женщин, в наших, черт подери, детей.

- Ладно, давайте вытащим эту дрянь из него.

- Он стабилен.

Я кивнул и потянулся за ионным лезвием. Поднеся устройство к спине Минтара, я медленно разрезал его плоть, слой за слоем, пока не стал виден его позвоночник. Но я знал, что этого недостаточно. Я продолжил резать кость, пока не увидел то, что искал. К его позвоночнику была прикреплена серебряная сфера; бесчисленное множество ее микроскопических щупалец проникали в его нервы, расходились вверх и вниз по позвоночнику, вплетались во все его системы. Они захватывали его.

Мы называли это странное устройство центральным процессором, потому что. любой член Улья – от низшего разведчика до самого свирепого солдата – не мог функционировать без него. Когда его извлекали, разум человека вновь становился его собственным. Постоянный шум, который они слышали, будучи частью коллективного разума, замолкал.

Не существовало простого способа избавиться от этого устройства. За века мы испробовали все. Резали. Разрывали. Вырывали его. Плавили металл. Каким бы щадящим или беспощадным ни был наш метод, результат оставался тем же.

Человек либо выживал, либо умирал в считанные минуты. Оставшиеся импланты, распространенные по всему телу жертвы, самоуничтожались. Это зрелище было не из приятных, и для жертвы оно не было лишено боли.

- Я вижу его, доктор.

- Да.

Я отложил лезвие и, погрузив пальцы глубоко в плоть

воина, обхватил металлическую сферу размером с четверть моего кулака.

- Все готовы?

Вокруг меня хором прозвучало «да», а я стиснул зубы и потянул на себя. Изо всех сил.

ГЛАВА 13

Аманда

Рука Григга была единственным, что удерживало меня на ногах. *Партнер* Мары. Второй отец маленького Лана. Ее семья разваливалась прямо у меня на глазах, и я невольно представляла себе мучительную боль от потери одного из моих партнеров, представляла, что это Григг или Рав так беспомощны и разбиты на этом столе.

Я не знала точно, что делали с воином Приллона, но по напряжению в воздухе и мрачным лицам в комнате догадывалась, что ничего хорошего. Я игнорировала звуки, доносившиеся с противоположной стороны комнаты от второй медицинской команды, работавшей над другим воином, у которого, вероятно, была семья. Любимые. Я не хотела знать. Я едва справлялась и с тем, что происходило здесь, передо мной.

То, что человек был воином Приллона, было очевидно по его золотистым волосам, острым чертам лица и темно-золотому лбу. Но под ним его кожа превра-

тилась в странное мерцающее серебро. До того, как его
усыпили, вся его левая рука выглядела как нечто из
фильма ужасов про роботов – странные маленькие
приспособления, выскакивающие из его плоти, чтобы
щелкнуть, схватить или зажужжать в пустое пространство, как заблудившаяся муха, снова и снова бьющаяся о
прозрачное окно, пытаясь вернуться на улицу.

Все это было так странно и грустно.

- Что они с ним сделали? – шепотом спросила я
Григга, поскольку Рав полностью сосредоточился на
своем пациенте, и я не хотела отвлекать его.

- Они поглощают другие расы, вживляют в нас технологии, которые контролируют наши тела. Центральный
процессор, который Рав попытается изъять из его спины,
интегрирован со спинным мозгом. Он биосинтетиче-
ский, и продолжает расти и распространяться, пока не
проникает в мозг. После этого никакой надежды не
остается.

- Я не понимаю.

Я не отвела взгляда, когда Рав вскрыл спину воина. Я
даже наклонилась поближе, когда стал виден мерцающий
серебристый предмет, каким-то образом прикрепленный к позвоночнику мужчины. *Центральный
процессор.* Он выглядел полностью инопланетным,
инородным – ничего более зловещего я никогда в жизни
не видела.

Рука Григга легла на мою шею, и я скрестила руки на
груди, готовясь испытать отвращение - я знала, что этого
не избежать.

- Рав сейчас удалит его. Когда он это сделает, через
несколько минут мы будем знать.

- Что знать?

- Либо он пробудится от своего оцепенения и вспомнит, кто он такой, и в этом случае его срочно отправят в

капсулу Реген, чтобы исправить повреждение позвоночника.

- Либо?

Я подтолкнула Григга плечом, в то же время отклоняясь назад, туда, где его сильные пальцы массировали основание моей шеи.

- Либо он самоуничтожится.

Я ахнула.

- Что?

Что, черт возьми, это значит? Я открыла рот, чтобы задать еще один вопрос, но все мысли улетучились при виде того, как напряглись мышцы Рава, когда он уперся о край стола и выдернул серебряный шар из спины воина одним сильным поворотом предплечья.

- Контейнер! – рявкнул Рав, и один из его помощников в сером бросился к нему с небольшим черным ящиком. Рав бросил серебряный шарик внутрь. Его усики, похожие на волоски, развевались в воздухе, словно ища другого хозяина, другое тело для вторжения.

Эта штука была страшнее, чем худший из чудовищных тараканов, которых я как-то обнаружила под раковиной в моей дерьмовой квартире в колледже.

Офицер закрыл крышку и бросился к станции С-Ген в центре медпункта. Он поспешно положил руку на сканер, и я вздохнула с облегчением, когда вспыхнул ярко-зеленый свет, и ящик с жутким серебряным шаром исчез, как я надеялась, навсегда.

Я обернулась и увидела, что Рав заканчивает процедуру, водя маленькой палочкой Реген вдоль разреза, сделанного им в спине воина.

- Время?

- Две минуты.

Рав выглядел таким грустным, таким отрешенным, и

по истекавшей от него злости и беспомощности я поняла: он не надеялся, что воин выживет.

- Переверни его на спину. Посмотрим, проснется ли он.

Они бросились делать то, что велел Рав, и я прикусила губу, ожидая, что будет дальше. Гаджеты на руке воина бездействовали, и я гадала, что с ними будет, если он выживет.

Рав посмотрел на меня. Его взгляд, в отличие от взгляда Григга, ничего от меня не скрывал. Он позволил мне увидеть все: боль, беспомощную ярость, сожаление, что он не смог сделать больше. Я *почувствовала* это.

- Если он выживет, я удалю все, что смогу. Но большинство повреждений микроскопические. Биологические импланты, слишком маленькие, чтобы их можно было отследить или удалить, внедрены в его мышцы, кости, глаза и кожу. Все это предназначено для того, чтобы сделать его сильнее, быстрее, его зрение – острее, его плоть – устойчивой к крайностям температуры.

- Он... могу ли я...

Черт, я не была уверена, что именно хотела сказать, но желала взглянуть поближе.

Григг переглянулся с Равом, и тот кивнул. Он вздохнул, вероятно, понимая, что больше не сможет защитить меня от худшего.

- Давай, Аманда. Посмотри хорошенько, на что способен Улей.

Я шагнула вперед. Вначале ноги несли меня с трудом, но я отмахнулась от предложения Григга помочь. Я хотела увидеть это сама. Мне нужно было это увидеть.

Четыре шага, пять, и вот я уже рядом с громоздким телом лишенного сознания воина. Он выглядел умиротворенным, и его странное серебряное лицо пребывало в покое. Я бродила вокруг стола, осматривая все это –

странные металлические приспособления, прикрепленные к его руке, серебристый оттенок его кожи, полное отсутствие узнавания или контроля, которыми он обладал до того, как его усыпили. Тогда он вел себя как безумный, говорил бессвязно. В нем нельзя было узнать...

- кого? Я думала, человеческое существо, но ведь он не был человеком, не так ли?

Он был инопланетянином. Воином Приллона, которого всего несколько дней назад я бы назвала врагом. Захватчиком. Обманщиком и вымогателем.

Но он был партнером Мары. Отцом. Семьянином. Воином, который хотел мира так же, как и любой солдат на Земле.

Я устыдилась, когда поняла, насколько чертовски мала Земля, и еще мельче - наши суеверные, испуганные умы.

Я подняла взгляд на обоих моих партнеров и позволила своему сожалению и пониманию течь к каждому из них через нашу общую связь.

- Мне так жаль. Я понятия не имела.

Они оба пошевелились, словно пытаясь решить, что именно сказать мне теперь, когда я больше не боролась с ними, не сопротивлялась истине моей новой жизни. Я полностью верила им теперь, увидев, что случилось с партнером Мары. Каковы бы ни были сомнения Земли, они больше не были моими. Я знала правду. Видела ее воочию. Я верила Коалиции. Верила своим партнерам.

Мне нужно будет как можно скорее связаться с агентством, чтобы они узнали, что здесь происходит. Чтобы узнали правду.

Коммуникатор в медпункте дал гудок, за которым последовал уже узнаваемый голос капитана Триста.

- Командир, вы нужны нам на мостике. К нам приближаются разведывательные корабли Улья из трех систем.

Григг взглянул на меня, и я кивнула, отпуская его. Со мной все было в порядке. Он был нужен там, чтобы защищать всех нас. В то время как Рав спасал жизни в медпункте, Григг спасал жизни, командуя, руководя. Управляя кораблем, эскадрой. Всеми нами.

- Иди. Ты им нужен.

Он кивнул один раз, затем повернулся на каблуках и оставил меня с Равом.

Спасенный воин пошевелился, тихий стон вырвался из его горла, и я склонилась над ним. Он вдруг открыл глаза, и я почувствовала, как мои собственные тоже раскрылись шире при виде ярко блестевших серебряных ободков вокруг его радужных оболочек. Этот эффект напоминал фотографии солнечного затмения, которые я когда-то видела.

- Мара.

Воин позвал свою подругу, но его взгляд был устремлен прямо на меня, а я была совсем не похожа на высокую оранжево-золотую женщину, принадлежавшую ему.

- Она идет.

- Мара!

Его спина выгнулась, и я инстинктивно взяла его за руку, чтобы предложить утешение. Его хватка чуть не раздавила мне пальцы, но я выдержала это и положила свободную руку на его лоб.

-Тсс. Ты в порядке. Мара идет.

-Мара.

Он обмяк, когда я прикоснулась к нему. Он пристально глядел мне в лицо, но видел другое, когда я погладила его волосы, убирая их со лба - я надеялась, что это было для него успокаивающей лаской.

Из его позвоночника вырвалась дрожь, распространившаяся на его конечности, и внезапно рядом оказался

Рав, оттащив меня от воина, который извивался и корчился от боли на столе.

- Что с ним происходит?

- Он умирает.

Рав прижал меня к груди, но не заставил отвернуться. Я не могла отвести взгляд, когда гаджеты, усеивавшие его руку, начали сочиться, как будто кто-то, накачав кислоту в металл, вываривал его из тела. Его плоть пузырилась и бурлила, как будто он кипел внутри.

Меня затошнило, когда его грудная клетка распалась, грудь провалилась внутрь – это была жуткая сцена, которая могла происходить лишь в фильме ужасов. Слезы потекли по моему лицу. Рав поднял меня и отвернул, поместив свое большое, теплое, безопасное тело между мной и страшной картиной, разыгрывавшейся на столе позади него.

- Ладно, Аманда, этого достаточно.

Я вдыхала его, дрожа, как осиновый лист. Мне хотелось знать, и теперь я знала. Боже, помоги мне.

Запах бурлящей плоти воина забил мою голову, и я подавилась, отчаянно хватаясь за униформу Рава.

- Я не могу дышать.

- Уберите его отсюда до прибытия его партнеров.

Рав отдал приказ через плечо, вытаскивая меня из комнаты. Прежде чем мы добрались до двери, я споткнулась; он подхватил меня на руки и понес обратно к маленькой комнате для осмотра, где я впервые встретила его и Григга.

Когда дверь за нами закрылась, меня трясло.

- Тише, подруга. Все в порядке.

- Он... он пузырился.

Рав выругался.

- Прости, Аманда. Я пытался тебя предупредить.

Да, он пытался, мой сострадательный Рав. Он спорил

с Григгом, пытался скрыть от меня это зрелище. Он знал, как это будет скверно, оба они знали.

Рав сел на кресло и усадил меня к себе на колени, пока я пыталась сосредоточиться на его запахе, его тепле, силе его рук, крепко прижимавших меня к нему. Я схватила его за рубашку, держась за него так крепко, как будто он был моим якорем. Я вдыхала его запах, пока мой желудок не успокоился, и я снова не смогла думать.

- Нет. Мне нужно было знать. Я должна была увидеть сама.

Я потянулась к нему и нежно поцеловала его в шею, обхватив руками его талию и прижавшись щекой к его груди. Сжала его в своих объятиях, боясь, что он отвергнет меня и вернется к своему долгу, как был вынужден сделать Григг. Так много людей зависели от моих партнеров. А я кто такая? Никто. Я их только отвлекаю. Я слабая женщина, которая сейчас продала бы свою душу, если бы это понадобилось, чтобы один из ее партнеров обнял ее.

Возможно, я и продала свою душу. Меня выбрали не потому, что я хотела иметь партнеров. Меня выбрали, потому что я была шпионом. Я была одна в течение многих лет. Но когда я обнимала Рава, я поняла, что действительно потеряла свою душу где-то на этом пути. У меня не было ничего и никого в моей жизни. Я была замужем за своей работой, неспособная доверять, не готовая рисковать тем, что меня обидят. Но теперь, теперь у меня были Григг и Рав, и Рав был таким добрым, надежным и настоящим. Намного лучше, чем холодная поддержка правительства Соединенных Штатов.

- Сколько раз тебе приходилось проходить через это? Часто ли это происходит?

- Смотреть, как умирает хороший солдат?

- Да.

- Минтар был двести семьдесят третьим. Но большинство тех, кого захватил Улей, никогда не возвращаются обратно. Кончается тем, что мы сражаемся с ними на поле битвы, а не здесь, в медицинском пункте, – проворчал Рав, и мысли завертелись у меня в голове. Он вел им счет? Каждая жизнь так драгоценна, что он никогда не хотел забывать? – И я не рад, что тебе пришлось увидеть это хоть раз.

Я вздохнула.

- Я знаю. Прости, что я такая упрямая. Мне жаль. Я никто, Рав. Так много людей нуждаются в вас – в тебе и Григге. Мне даже не следовало быть здесь. Я вас просто отвлекаю. Боль в заднице, которая вам не нужна. Боже, прости. За все.

Рав поднял руку к моей шее, его гигантская ладонь скользнула мне под челюсть и осторожно приблизила мое лицо к его лицу.

- Никогда больше не извиняйся. Ты совершенна. Я люблю твой огонь, твой сильный ум. Ты нужна мне, невеста. Нужна Григгу. До тебя мы оба были потеряны.

Они были потеряны? Это было почти смешно. У них была цель.

- Нет, Рав. Вы оба такие сильные, так много ответственности на ваших плечах. Я вам здесь не нужна, отвлекаю вас. Я была такой идиоткой. Все, что я сделала, это усложнила ситуацию для вас обоих.

Его губы опустились к моим, задержавшись в мягкой ласке, более благоговейной, чем сексуальной. Его рот был мягким и теплым, нежным. Слезы выступили у меня на глазах, когда его полная преданность, обожание и отчаянное стремление быть любимым наполнили меня через нашу связь. Он тоже страдал из-за смерти Минтара, но не показывал этого. Ошейник давал мне уникальную возможность осознать его боль, его потребность во мне; именно мне выпало утешить его, любить его.

- Конрав.

Я прошептала его имя, поднимая руки, чтобы запустить пальцы в его волосы. Я притянула его к себе, притянула его лицо к своей шее, обнимая его так, как он хотел, мой огромный партнер-воин. Он действительно нуждался во мне, он не просто сказал эти слова, чтобы успокоить меня или убедить меня остаться.

Я обнимала его, проводя пальцами по его волосам снова и снова в успокаивающем жесте, любя его, как только могла. Его золотистые волосы были как тоненькие шелковые нити между моими пальцами.

- У тебя такие мягкие волосы.

В ответ он усмехнулся, в то время как его нежные руки успокаивающе скользили вверх и вниз по моей спине.

- Ты мне нужна, Аманда. Мы оба нуждаемся в тебе. Ни один из нас не умеет выражать свои чувства словами. Так что спасибо богам за ошейники, – он поцеловал меня. – Да, я люблю трахать тебя, я люблю твое тело, твою мокрую киску, звуки, которые ты издаешь, когда мы тебя любим, но все намного больше, чем это. Ты мне нужна вот такая, мягкая и нежная. Мне нужно чувствовать твою любовь вокруг меня, успокаивающую пожары, которые бушуют в моей душе. Исцеляющую меня, даже когда я на самом деле не ранен. Мне нужно иметь возможность тихо сидеть, держа тебя в объятиях, вот как сейчас. Григгу это тоже нужно, даже больше, чем мне. Его ярость похожа на вулкан внутри него. Ты нужна нам. Ну, пожалуйста, Аманда. Ты не можешь оставить нас.

Я никогда не думала о том, чтобы остаться навсегда. Хоть я и знала, что не смогу вернуться домой, мой разум не был сосредоточен на идее посвятить себя своим партнерам, избрать их. Но они только что дали мне все, чего я просила, все, что мне было нужно, чтобы стать свободной, чтобы сделать свой собственный выбор. Многие годы моя жизнь была моей работой и ничем иным. У меня не было вариантов. Но теперь выбор был ясен. И в этот момент я без тени сомнения знала, каким именно будет этот выбор.

- Я никуда не ухожу. Ты мой, Рав. Ты и Григг – мои.

Теперь, когда я приняла решение, мой голос стал сильнее. Увереннее.

- Мне нужно связаться с Землей, рассказать им, что я видела здесь. Им нужно знать правду.

- Они не будут слушать.

Рав поднял голову с моего плеча и встретился со мной взглядом.

- Мы пытались сказать им. Мы показали им трупы воинов, таких как Минтар, показали им картины сражений, разведчиков Улья, их интеграционных пунктов. Все это.

- Что?

Я напряглась, гнев начал душить меня. Мне не рассказали ничего из этого. Трупы? Видео установок и кораблей Улья, солдат Улья в бою.

- Мы дали им все необходимые доказательства. Им не интересно слушать.

Хоть я и не хотела в это верить, я знала, что Рав говорит правду. Я не нуждалась в подтверждении его слов ошейником, чтобы поверить.

- Если у них были доказательства, то зачем они отправили меня сюда? Чего они хотят?

Рав нежно поцеловал меня в губы, и его взгляд затуманился.

- Я не знаю, подруга. Ты мне скажи.

О, я все хорошо знала. Оружие. Они хотели оружие.

Технологию. Все, что поможет им в их борьбе за господство на нашей маленькой голубой планете. Мое присутствие здесь не имело никакого отношения к Коалиции или прибытию пришельцев. Речь шла о мелких земных войнах, о непрекращающейся борьбе за власть.

После того, что я сейчас видела, их маниакальная борьба за превосходство казалась смехотворной. Здесь было нечто гораздо большее – то, что людям, с их мелкими разборками, еще предстояло понять.

- Когда прибудут первые солдаты Земли?

- Скоро. Завтра.

Матерь вашу! Времени у меня было немного.

- Сначала я хочу встретиться с ними, поговорить. И...

Мой голос затих, пока я обдумывала, что можно сделать, чтобы убедить солдат, прибывающих с Земли, что угроза реальна.

- И?

- Я хочу, чтобы они увидели тело Минтара. Я хочу, чтобы они посмотрели, что случилось. У вас есть видео-файл? Есть ли камеры в медпункте?

Рав застонал, и я почувствовала его полное отвращение к этой идее.

- Все, что происходит на этом корабле, записывается.

Все? Вот дерьмо. Этого мне тоже не сказали. Но эту заботу можно было отложить на потом.

- Позволь мне показать им, Рав. Я знаю этих ребят, их тип. Они живут по твердому кодексу чести. Их верность абсолютна. Они будут слушать меня.

- Надеюсь, что так. Я искренне надеюсь на это. Потому что, если они хотя бы только косо посмотрят на тебя, если Григг сочтет, что они представляют угрозу, он их убьет.

Я вздрогнула, зная, что Рав говорит правду. Терпение

Григга было доведено до предела мной, хреновым отношением Земли и понесенными в этот день потерями.

- Они не будут смотреть косо.

- Хорошо. Но ты должна знать, любимая, что если Земля попытается напакостить флоту Коалиции, она проиграет.

- Позволит ли Межзвездная коалиция Улью нас уничтожить? Разрушить Землю?

Эта мысль была ужасающей, но я понятия не имела, какое решение может принять Премьер родного мира Рава или лидеры других планет, если лидеры Земли не вытащат головы из задниц. Земля была такой маленькой и такой очень, очень далекой.

- Нет. Мы защитим их, даже если они этого не заслуживают. В вашем мире миллиарды невинных людей, которых нужно прикрыть.

- А что насчет наших солдат? Ты знаешь, что лидеры Земли не перестанут пытаться раздобыть оружие. Пилот-человек может легко украсть корабль. Зачем вообще пускать их сюда? Не понимаю.

Рав гладил меня по щеке, пока объяснял.

- Ты должна понимать, мы очень, очень далеко от твоей родины. Если пилот-человек украдет корабль, он никогда не сможет выбраться из этой системы живым. Свету вашей звезды нужны тысячи лет, чтобы дойти до нас. В коалиции насчитывается более двухсот шестидесяти планет, большинство из которых находятся в разных солнечных системах. Флот защищает триллионы существ, сотни миров, разделенных огромными пространствами. Мы живем, сражаемся и умираем, и большинство никогда не покидает свой сектор космоса. Мы – обширная сеть, раскинутая на невообразимых расстояниях, связанных только нашими транспортными технологиями.

- Тогда как я сюда попала?

- Наша транспортная система использует гравитационные колодцы вокруг звезд и черных дыр для ускорения путешествий и связи. Ты прибыла сюда как луч чистой энергии, разогнанный до скоростей, которых ты не можешь постичь. Наши транспортные и коммуникационные станции очень надежны и охраняются целыми боевыми группами воинов. Ваши наивные человеческие шпионы не смогли бы проникнуть в нашу систему, даже если бы мы провели их через дверь и приковали к рычагам управления. Транспортные установки управляются биосканерами и нейростимуляторами, вживленными непосредственно в мозг наших специалистов. У ваших людей нет возможности преодолеть нашу систему безопасности. Даже Улей не смог этого сделать, а их раса намного более продвинута, чем люди Земли.

- Значит, Земля действительно ничего не сможет сделать, и нет способа отправить что-либо туда без разрешения, даже простое сообщение?

- Нет. Но ваша Земля – не первый мир, который сомневается в наших намерениях. Ваши лидеры изменят свое мнение в конце концов. Так всегда бывает.

Рав снова поцеловал меня, и я растаяла в его объятиях. Мы обнимались, чтобы дать друг другу утешение и заботу, а не горячий обезьяний секс, хотя в нем Рав тоже был чертовски хорош.

- Я люблю тебя, Аманда. Что бы ни случилось, я хочу, чтобы ты это знала.

У меня пока не было слов, но я долго обнимала его. Мы оба были погружены в свои мысли, и связь между нами была широко открыта и затоплена нежностью, любовью, поскольку я позволила себе поверить, что он мой навсегда, позволила себе влюбиться в него по уши, абсолютно, безоговорочно.

ГЛАВА 14

Григг

Обеденный зал был переполнен, и мне начинала действовать на нервы эта толпа жаждущих внимания Аманды. Меньше чем через час мы ожидали прибытия первых солдат с Земли, которых моя прекрасная, добросердечная маленькая подруга каким-то образом убедила меня не убивать.

- Леди Закар, командир, доктор, - капитан Трист отвесил нам поклон с противоположного конца круглого стола, закончив со своей трапезой. – Я должен отправиться на командный мостик.

- Капитан, - я слегка наклонил голову ему вслед.

Я и прежде частенько обедал здесь, но до появления Аманды большая часть команды приветствовала меня молчаливым кивком. Сегодня у меня было чувство, что я стал центром вечеринки в честь одной-единственной дамы.

Всем хотелось познакомиться с нашей подругой,

поприветствовать ее и поздравить. Аманда принимала это все с удивительным достоинством, сидя между мной и Равом, устроившимся от нее по левую руку. Никто не осмеливался подойти настолько близко, чтобы коснуться ее. После вчерашних событий я был все еще слишком заведен, чтобы позволить ей исчезнуть из поля зрения, моего или Рава.

Вчера я почувствовал, как течет между ними связь, переполняясь теплом и спокойствием, и эти эмоции оказывали на меня умиротворяющее действие даже на командном мостике, с которого я отправил на бой более сотни пилотов. Около дюжины мы потеряли, но нападение Улья было отражено.

Война продолжалась. И продолжалась. И, черт ее дери, продолжалась. Я начал сражаться мальчишкой. Мой отец таскал меня с собой на командный мостик, чтобы учить меня, совсем еще ребенка, стратегии. Учил меня, как наносить финальный удар, как убивать без жалости. Двадцать лет я занимался только этим, и каждая смерть оставила след на моей душе. Я был разбит, обессилен.

До встречи с Амандой я вынуждал себя сражаться из чувства долга, во имя чести. Теперь? Теперь я делал это ради нее, и решимость противостоять мощи Улья, защитить ее и весь мой народ каменной решимостью поселилась в моей груди; сдвинуть ее с места, расшатать было невозможно. За нее я мог сражаться вечно.

Она размазывала пищу по тарелке с отвращением на своем красивом лице, и я вдруг понял, что не удосужился узнать, что предпочитали есть земляне.

- Прости, Аманда. Я должен был заказать земные блюда для программистов С-Ген. Я сейчас же сделаю это.

Она склонила голову к моему плечу, касаясь меня с

непринужденной лаской, в которой я начинал нуждаться все больше и больше.

- Все в порядке, Григг. Тебе приходится разбираться с проблемами поважнее, чем мои пищевые рецепторы.

- Нет, любимая, это не так. Для меня ты – самая важная вещь на свете.

И я нисколько не покривил душой. Если бы я потерял ее, у меня не осталось бы причин сражаться. Со мной все было бы кончено.

Ее глаза расширились, когда она уловила поток моих эмоций, которые я даже не попытался скрыть, но я устал таиться от нее, устал сдерживать силу и глубину своей преданности, своей потребности в ней. Рав заерзал на своем месте, наверняка ощутив это тоже. Невидимая связь между нашими ошейниками была одновременно благословением и проклятьем. Я кинул на него хмурый взгляд - пусть только посмеет хоть слово сказать.

Разумеется, именно это он и сделал.

- Я же говорил, любимая.

- Да, ты говорил, - улыбнулась она и тихо рассмеялась.

Я взял ее лицо в ладони и поцеловал ее. Раз. Еще раз. Прямо тут, на виду у всех, чувствуя, как на комнату опускается непривычная тишина.

- Что он сказал тебе? – шепнул я.

Загадочная улыбка Аманды была такой женственной и дразнящей, что мне захотелось опрокинуть ее на стол и вытрахать из нее ответ немедленно.

Боги, мне нужно взять себя в руки, но я знал, что не смогу обуздать свою доминантную натуру, пока она не станет нашей навсегда после завершения брачной церемонии, когда ошейник на ее шее станет темно-синим.

Рав избавил меня от позора выставить себя идиотом перед всеми, кто был в обеденном зале:

- Я сказал ей, что ты жалкий подкаблучник.

Я подумал было о том, чтобы опровергнуть его слова, но теплое сияние в глазах Аманды, полное принятие, светящееся в них, заставило меня передумать. Она знала. Она уже знала всю правду.

- Это так.

Признание не сделало меня слабее. Ничто из того, в чем старался убедить меня отец, не было правдой. Напротив, я ощутил бесконечный прилив сил, потому что я знал: Аманда и Рав будут здесь, рядом со мной. Поддерживая, вдохновляя меня, даря мне свою любовь, неважно, какие трудности встанут на нашем пути.

За свою смелость я заслужил еще одну улыбку и вздох, от которого почувствовал себя так, будто только что самолично победил весь Улей. Я поцеловал ее вновь, притягивая к себе так близко, насколько мог решиться в публичном месте. Когда я разжал объятия, она улыбнулась и повернулась к Раву, чтобы поцеловать и его, дать ему почувствовать, насколько он для нее важен.

Вся сияя от счастья, она с трудом проглотила еще один кусочек насыщенного протеином куба и пробежала взглядом по толпе, которая внезапно нашла для себя другие занятия. Но атмосфера в комнате определенно стала легче, спокойней, счастливей.

Или это мне так казалось.

Вскрикнув, Аманда вскочила на ноги. Я немедля поднялся следом, Рав задержался только на секунду. Мы оба приготовились оторвать голову тому, кто напугал ее, но через ошейник я ощущал не панику, а скорбь.

Озадаченный, я взглянул сверху вниз на мою подругу. Она остановила меня, положив ладонь на мою руку, и направилась к паре с маленьким мальчиком, которые только что вошли в комнату.

Тишина сделалась физически ощутимой, когда моя

подруга приблизилась к капитану Минтару и его парт-нерше. Все взгляды в комнате были прикованы к Аманде, следя за каждым ее движением.

Она не произнесла ни слова, но взглянула прямо в глаза возвышавшейся над ней женщины Приллона и удерживала ее взгляд считанные секунды, пока Мара не подалась вперед и не упала в объятия Аманды, разразив-шись бурными рыданиями.

И тут как будто прорвало плотину - все в обеденном зале пришло в движение, все окружили Минтара и его подругу вместе с их ребенком, предлагая свое утешение и поддержку. Моя маленькая человеческая подруга нахо-дилась в самом центре этой толпы, соединяя моих подчи-ненных в семейную ячейку более крепкую, чем когда-либо.

- Боги, ее мягкосердечие однажды убьет меня на хрен, - Рав растирал свою грудь, стараясь облегчить острую, пронзительную боль, которую он должен был испытывать, ведь страдание Аманды было и нашим тоже, а сейчас она была безутешна, сопереживая трагедии Мары, и Минатра, и крохи Лана.

- До нее у нас вообще не было сердца, - заметил я.

- Согласен, - Рав покрутил головой, пока не раздался характерный хруст, чтобы облегчить напряжение в позвоночнике. – Мне нужно в медицинский отсек, подго-товить тело, - он повернулся ко мне. – Ты уверен?

- Да. И она тоже.

Рав кивнул, и, проходя мимо, потрепал меня по плечу:

- Увидимся там.

Я последовал за ним и терпеливо дождался, пока толпа слегка рассосется, позволив нам подойти к малень-кому семейству в центре.

- Соболезную вам, друзья.

Я похлопал капитана по спине и поклонился леди Минтар. На лице Рава, подошедшего к ним следом за мной, отчетливо написано было сострадание. Он уже говорил с парой предыдущей ночью, тогда ему пришлось объяснить им произошедшее. Рав вернулся в нашу комнату в расстроенных чувствах, и Аманде пришлось утешать его.

Оторвавшись от моей подруги, Мара вытерла глаза и посмотрела на нас.

- Мы знаем, что ничего нельзя было сделать, но спасибо вам всем, - она вглядывалась в лица окруживших ее соплеменников, готовых выказать свою солидарность во главе с их новой Леди, ставшей сердцем боевой группы. – Спасибо. Я рада быть невестой Приллона, - ее взгляд остановился на Аманде, и она закончила: - И рада назвать вас своим другом.

В последний раз сжав ее руку, Аманда вернулась к нам, своим партнерам, ждавшим ее, и я осознал, что готов был ждать ее вечность, всегда защищая, всегда любя. Следом за Равом мы вышли из комнаты, и я взял ее за руку, вознося молчаливую благодарность богам за то, что протокол Межзвездных невест привел ко мне ее, мою идеальную половину, мою подругу.

———

Аманда

Я молча ждала в передней части комнаты переговоров, которая, по словам Григга, обыкновенно использовалась для совещаний боевых звеньев перед вылетом на миссию. Двенадцать длинных столов - по три кресла позади каждого из них, как в школьной аудитории - были обращены к передней части помещения, где располагался на стене огромный экран коммуникатора.

Когда я буду готова, мне потребуется только попросить соединить меня с Робертом и Алленом на Земле. Я понятия не имела, как их сигнал мог преодолевать такое громадное пространство космоса, и мне не было дела до таких деталей. Мне было достаточно того, что я могла поговорить с ними в реальном времени и попытаться воззвать к их рассудку.

Я предупредила Григга, что слушать они не станут, что их интересы целиком сосредоточены на проблемах Земли и происходящих там дрязгах. В ответ он предложил связаться с рабочими группами Коалиции по включению новых планет и объяснить им все уловки землян. Сегодня утром я сидела рядом с ним на своей первой телеконференции, происходящей по каналам глубокого космоса, объясняя страхи и сомнения людей, на которых я работала, совету, состоящему из представителей различных рас и странных существ, которых я едва понимала. Сквозь световые годы, разделявшие нас, они выслушали меня внимательно, и теперь были наготове, чтобы при необходимости занять место тех несравненно более дипломатичных представителей Коалиции, которые в данный момент тщетно пытались сладить со строптивыми лидерами Земли.

Я рассказала им все, о чем мне было известно, вверяя судьбу человечества Григгу и этим незнакомцам. Если у меня были какие-то сомнения, мне достаточно было вызвать в памяти пузырящуюся плоть Минтара, вспомнить его крики боли в момент, когда импланты, помещенные в его тело Ульем, уничтожили его. Стоило представить себе, что подобное случится с ни в чем неповинными жителями Земли, как моя спина выпрямлялась, плечи уверенно разворачивались. Я должна была попытаться защитить своих людей, даже если они не понимали, что я делаю.

Дверь скользнула в сторону, пропуская Григга и идущего за ним по пятам Рава. Тотчас же я оказалась рядом с ними и была рада, когда они обхватили меня руками – в их объятиях я чувствовала себя защищенной и любимой. С ними рядом я была сильней.

- Они уже здесь? – спросила я.

Грегг вздохнул.

- Да. Они проходят необходимые процедуры прямо сейчас. После этого мы отведем их в медицинский отсек, а затем они целиком в твоем распоряжении.

- Сколько это займет?

- Около двадцати минут. Мы не будем делать полное обследование, просто убедимся, что они достаточно здоровы и переживут обратный путь.

Григг позаботился о том, чтобы транспортная установка была готова отправить их назад. Он не возражал против моей встречи с земными солдатами, но не захотел позволить им остаться. Они узнают правду, увидят тело Минтара, записи, показывающие его смерть, а потом вернутся домой, чтобы сообщить своим об увиденном. Одним этим они помогут Коалиции больше, чем участием в сражениях с Ульем в течение своей запланированной двухлетней службы.

Высвобождаясь из их рук, я кивнула. Я вытерла вспотевшие ладони о брюки своей темно-синей формы; я с гордостью носила цвет своей семьи, и с еще большей гордостью – новую нашивку на левом плече. Григг официально объявил меня леди Закар и ввел мои данные в бортовую систему корабля, что давало мне доступ ко всем данным, включая информационную базу, арсенал и медицинскую картотеку. Все, что я могла бы использовать против него, если собиралась предать. Его вера в меня, в *нас*, была непоколебима. Сделав это, он поцеловал меня так, что я едва не потеряла сознание. Теперь я могла отдавать приказы всем в нашей боевой группе, кроме него.

Это меня вполне устраивало. Его властное, доминантное поведение заставляло меня дрожать от предвкушения. Совсем скоро, как только земляне узнают истину и отправятся с этим знанием на свою планету, мы завершим брачную церемонию. Я сказала им, что готова. Мы уже признались друг другу в любви, чувствовали ее через ошейники, но церемония подтвердит наш официальный статус. Я хотела, чтобы мой ошейник стал того же цвета, что у них. Хотела принадлежать своим партнерам навсегда, так же, как они будут принадлежать мне.

- Давай покончим с этим, чтобы я могла наконец заявить на вас свои права.

Я намеренно напомнила им о грядущем событии, и тут же, в награду за это, почувствовала жар, разлившийся по телу от ошейника. Оба мужчины одарили меня страстными взглядами, в которых отражалась сила их собственной потребности завершить наше слияние.

- Командир Закар? – голос офицера связи наполнил комнату.

- Слушаю.

- С вами желает говорить генерал Закар, сэр.

Григг вздохнул и потер шею, а Рав раздраженно сощурился. Мной же овладело любопытство, поэтому я обрадовалась, когда Григг приказал вывести звонок отца на монитор комнаты переговоров.

- Командир?

- Приветствую, генерал.

Григг выступил в центр, откуда отец легко мог видеть его, а я рассматривала в это время старого воина Пиллона. Его черты напоминали Григга, но генерал был намного темнее. Его кожа казалась почти медной, волосы - темно-оранжевыми. Я узнала форму, которая была на нем - доспехи война, однако они были не черными, а темно-синими, как мое собственное облачение. Цвет семьи Закар.

- Как ты смеешь скрывать от меня свою партнершу? Я узнаю о ее существовании от медиков!

Челюсти Григга плотно сжались, и я ощутила исходящие от него волнами напряжение, гнев.

- Я не пытался скрывать мою партнершу, отец. Я просто не думал, что это может быть тебе интересно.

Генерал на экране подался вперед и прищурился, чтобы лучше разглядеть меня там, где я стояла в глубине комнаты. Я покосилась на Рава, который только пожал плечами и проговорил тихо, чтобы техника не уловила его слов:

- Давай, если тебе угодно, но учти, что он тот еще засранец.

Это все решило для меня. Я не собиралась отдавать моего Григга на растерзание. Больше никогда. Я выступила вперед, вскинув голову, и взяла большую руку Григга в свою. Генерал смерил меня изучающим взглядом, и я отвечала на него, не дрогнув. Для меня он ничего не значил, и если он собирался обидеть моего партнера, он был мне врагом. И все же он приходился мне свекром, и я постаралась сохранить мину вежливости и хороших манер.

- Генерал, какая честь познакомиться с вами.

Он не торопился с ответом, осматривая меня так, словно я была племенной кобылой для его призового жеребца.

- Она недурна. Хотя я предпочел бы, чтобы ты выбрал подругу из невест Приллона.

- Ее выбрали мне в пару по протоколу программы

Межзвездных невест. Я полагаю, ты признаешь их успехи. Этого должно быть довольно, чтобы удовлетворить тебя. Для меня она идеальная пара. Никто другой мне не нужен.

Его отец скрестил руки на груди, хмыкнул и нахмурился.

- Ладно, командир. Трахай кого хочешь. Мне плевать, лишь бы она принесла потомство. Я сейчас же отправляюсь в транспортный отсек, чтобы присутствовать на брачной церемонии.

Позади себя я услышала недовольное ворчание Рава.

Хмм, ага. Ну уж нет. Ни в коем случае мой свекр не должен наблюдать за церемонией. Это будет мерзко и вообще полное извращение.

Внутри Грегга неумолимо вскипела ярость. Мягко, слишком мягко, он отодвинул меня назад, закрывая собой, и шагнул вперед, навстречу отцу.

- Нет.

- Что ты сказал?

Все тело Григга было напряжено от гнева; стоя позади него, как он и хотел, я ткнулась лбом между его лопаток, чтобы дать ему почувствовать, что я здесь, с ним.

- Я сказал нет, отец. С меня довольно.

Я услышала шорох и ощутила приближение Рава, который подошел, чтобы встать рядом с Григгом, решившимся на открытый вызов отцу.

- О чем ты говоришь? Довольно чего? В какие гребаные игры ты играешь со мной, мальчишка?

Я ожидала, что Григг взорвется в приступе необузданной ярости и была поражена, когда случилось полностью противоположное. У меня было чувство, что весь гнев вылился из него, и он наполнился спокойствием, расслабился.

- Аманда – моя подруга, и я не хочу подвергать ее стрессу твоего присутствия. Между мной и тобой все кончено. Мы едины по крови, я всегда буду стоять за честь семьи, но я тебе не сын, и тебе не рады на моем корабле. Если тебе потребуется связаться со мной впредь, ты можешь оставить сообщение моему офицеру связи. Я больше не желаю говорить с тобой.

Генерал разразился злобными тирадами, но Григг просто подошел к панели управления и прижал к ней ладонь. В комнате воцарилась благословенная тишина.

Я следовала за Григгом, обнимая его сзади и чувствуя, как к его чувству облегчения примешивается исходящее от Рава удовлетворение.

- Самое, мать его, время!
- Да.

Ладони Григга накрыли мои руки, лежащие на его животе, и я прижала его ближе к себе. Я не могла до конца понять смысла произошедшей сцены, но судя по реакции моих партнеров, случилось нечто хорошее, что назревало уже давно.

Я не успела ничего спросить, услышав звук голосов, говоривших по-английски! Оторвавшись от моих партнеров, я приготовилась принять битву со своими собственными демонами.

Как было спланированно заранее, я вышла в переднюю часть помещения, чтобы быть на виду у всех спецназовцев, прибывших с Земли. Войдя в комнату, они расселись за столами, глядя на меня непроницаемыми взглядами; выражение их лиц было мрачно. Как я и ожидала. Это были морские пехотинцы, рейнджеры, профессиональные убийцы. Но я тут же поняла по их виду, что зрелище изуродованного тела Минтара, встретившее их первым делом в открытом космосе, произвело должное впечатление на многих из них.

Добро пожаловать на передовую, парни.

Григг и Рав двинулись к передней стене, встав по обе стороны гигантского монитора и оказывая мне молчаливую поддержку. Слава Богу, они предоставили все это мне, потому что дипломатическая беседа в представлении Григга заключалась в том, чтобы пытками извлечь информацию из каждого землянина, а потом отправить их назад на Землю в мешках для трупов.

Мне пришлось уговаривать его почти полчаса, чтобы он отказался от своей идеи, но у него были свои причины. Теперь Земля стала частью Межзвездной коалиции, и мы либо принимали их условия, либо выбывали. Половинчатая позиция была неприемлема, ведь Улей угрожал уничтожить всех нас.

Когда все устроились, и дверь затворилась, я повернулась к ним, и снова видеть столько человеческих лиц было странно. Они выглядели... инопланетянами.

- Господа, полагаю, у вас есть вопросы?

Весь следующий час я объясняла им, кто я, на кого я работаю, какая миссия была мне поручена, и что мне удалось узнать, пока я работала над ее выполнением. Они уже просмотрели запись смерти Минтара, видели его тело, видели записи нескольких битв. Им показали статистику и видеоматериалы, касающиеся Улья, его передвижений, численности. Они узнали, что война длится уже более тысячи лет.

Когда я закончила, я посмотрела в глаза каждому.

- Мне точно известно, что по крайней мере двое из вас были посланы сюда с тем же заданием, что и я, подчиняясь прямым указаниям Директора. Чтобы собрать информацию и попытаться добыть любое оружие, технологии или информацию, которые могут заинтересовать агентство, - я топнула ногой и наклонилась вперед, опираясь ладонями на стол перед собой. –

Но теперь вы знаете правду, как и я. Вы видели угрозу своими глазами. Не желаете ли объявиться?

Никто не ответил, но и этого я ожидала. Я кивнула Григгу, давая понять, что готова. Он приказал коммуникатору соединять. Экран позади меня вспыхнул, и появилось изображение с Земли, где Роберт и Аллен сидели за круглым столом вместе с человеком, в котором я узнала министра обороны.

ГЛАВА 15

Аманда

Я ПОВЕРНУЛАСЬ К НИМ ЛИЦОМ.

- Джентльмены.

- Мисс Брайант, что все это значит? Мы ждали здесь больше часа. Почему вы связались с нами? Мы ожидали разговора с офицером боевой группы Закар.

Я еле сдержала желание закатить глаза. Такое поведение не подобает леди, но ложное беспокойство Роберта, его попытки казаться растерянным, сбитым с толку выводили меня из себя. Годами я верила каждому его слову. Теперь я видела, каков он на самом деле. Эгоистичный бюрократ, который пойдет на что угодно ради личной или профессиональной выгоды.

- Я леди Закар из боевой группы Закар, гордая невеста-воительница планеты Приллон-Прайм. И кстати, Роберт? Я больше на вас не работаю, - я широким жестом указала на мужчин, сидящих позади меня. – Эти люди знают правду, джентльмены, и они вернутся домой следующим транспортом. Они видели тела, видели, на что способен Улей, как и я.

Роберт начал ругаться, но его утихомирил министр. Его взгляд был спокойным и деловым.

- Какова цель этого вызова?

Мне захотелось ударить его в лицо за такое упрямство и тупость, но я все поняла. Этот человек просто пытался выполнять свою работу. Он потратил десятилетия на защиту своей страны, а это означает крепко въевшийся образ мыслей, как глубокий колодец, из которого трудно выбраться. Его проблема – это Земля. Не космос. По крайней мере до этой поры.

- Господин министр, меня отправили как первую невесту, чтобы установить объемы угрозы, которую представляет Улей для Земли, и оценить силу флота Межзвездной коалиции, а также их намерение защитить либо захватить нашу планету.

- И что же вы выяснили?

- Угроза Улья действительно существует, и мы не смогли бы ее пережить. Без защиты Коалиции в течение нескольких месяцев человеческая раса была бы полностью уничтожена.

- И вы знаете это совершенно точно.

Я кивнула.

- Да, сэр. Знаю.

Моя убежденность удивила его. Видно было, как в его голове, за очками, крутились шестеренки, пока он пытался оценить правдивость моих слов, возможные последствия. Но я еще с ним не закончила.

- Мне хотелось бы узнать, сэр, как вы можете быть настолько упрямы, чтобы отправить меня на эту миссию, когда сейчас вы должны заниматься отбором и тренировкой солдат ради спасения нашей планеты.

- Наша армия сильнейшая в мире...

Я перебила его до того, как он начал выдавать банальную пропаганду.

- Да, в мире, на Земле. Вы больше не в Канзасе. Я знаю, что Коалиция предоставила вам зараженные трупы, записи сражений, информацию о системах Улья и их территориях. Но так как вы не ответили должным образом на запросы Коалиции на честность и сотрудничество, я связалась с рабочей группой Коалиции по включению новых планет. Они прибудут на Землю через три дня, чтобы привести вас в порядок.

Щеки министра обороны покраснели, и я поняла, что он действительно понятия не имел, о чем я говорила. Его следующая реплика подтвердила мои подозрения.

- Какие трупы?

Я подняла бровь:

- Спросите Аллена.

Аллен, этакий проныра, ударил ладонью по столу перед собой.

- Черт побери. Что вы творите?

Я улыбнулась в ответ и понадеялась, что эта улыбка покажет мое отвращение, вызванное его мелочными, эгоистичными действиями.

- Спасаю вас от самого себя. Ваша боевая команда будет готова к транспортировке через три часа. Следующий отряд солдат, который вы нам отправите, должен состоять из достойных воинов, а не из шпионов.

Махнув рукой, я подала офицеру связи знак закончить трансляцию.

Экран потух, и я глубоко вздохнула. На смену напряжению во всем теле пришло облегчение, удовлетворение. По обе стороны от экрана стояли, словно ангелы-хранители, мои партнеры, готовые поддерживать, любить меня, доверять мне делать то, что должно, говорить то, что нужно, чтобы убедить землян присоединиться к битве по настоящему.

Мои партнеры. Я приняла решение, я выбрала своих мужчин, и мое будущее было здесь. Я была гражданкой планеты Приллон-Прайм, членом клана Закар. Григг и Рав? Мои. И я их не брошу.

Я повернулась лицом к людям-солдатам, которые еще сидели в комнате. На их лицах была смесь гнева, покорности, непонимания. Я точно знала, что с ними сейчас происходило. Они пытались принять тот факт, что их использовали, им лгали. Как и я, они были преданными, честными служаками, которые верили в то, что поступают правильно. На то, чтобы переварить правду, которую мы им продемонстрировали за последние несколько часов, нужно время.

- Джентльмены, когда увидите Аллена, не могли бы вы врезать ему по морде и передать, что это от меня?

Крупный мужчина у двери ухмыльнулся, услышав мою просьбу.

- Будет сделано.

- Спасибо. Теперь убирайтесь. Отправляйтесь домой и расскажите всем правду.

———

Пять часов спустя...

Конрав

МОЙ ЧЛЕН ТАК ДОЛГО СТОЯЛ, что уже было больно. И все равно Григг отложил церемонию бракосочетания, не желая проводить священный ритуал, когда среди нас были предатели и шпионы.

Я понимал эмоции, лежавшие за этим решением. Когда я стоял и слушал, как земляне спорили с Амандой, мне захотелось отправиться на Землю и выбить дурь из их тупых голов, а на ее место поместить уважение к моей партнерше. Но Аманда справилась с ними с легкостью. Ту же гордость, что и я, чувствовал Григг.

Теперь она действительно стала леди Закар. Истории о ее сочувствии к Маре и вызове, брошенном лидерам людей, уже делали ее легендой. Те, кто с ней еще не встречались, придумывали предлоги, чтобы прибыть на линкор, надеясь увидеть ее или поговорить. Григг посмеялся над увеличившимся количеством запросов на посещения, но, как и всегда, у него был ответ на все.

Мы объявим формальные церемонии встречи на борту каждого корабля. Если команда желает встретиться с ней, то нам придется доставить Аманду к ним. На моем линкоре не поместятся пять тысяч любопытных мужчин.

Что еще хуже, за последние полчаса число мужчин, которые захотели стать свидетелями нашего бракосочетания, утроилось. Такое количество – знак уважения к нашим отношениям, одобрение нашего союза, но мне уже надоело делить Аманду с целым миром - достаточно для одного дня! Сейчас я хотел видеть ее голой и жаждущей моего члена. Я хотел видеть, как затуманятся ее глаза, когда Григг будет направлять нашу страсть своей тяжелой рукой.

Мы с Григгом проводили ее в центр круглого помещения. Мы втроем были обнаженными и готовыми. Григг стоял справа от нее, а я нежно держал ее левую руку. Когда она узнала, что на всех церемониях бракосочетания присутствуют зрители, она была поражена, а затем приняла повязку на глаза и обещание Григга.

206   ГРЕЙС ГУДВИН

Поверь, любимая, ты не будешь замечать ничего, кроме наших членов, заполняющих тебя полностью.

Когда мы достигли центра комнаты, Григг отпустил ее и кивнул присутствующим, чтобы они начинали ритуальные песнопения. Слова были на древнем языке нашего мира, и ритм был непривычен для уха.

- Благослови и защити, - пели на древнем языке.

- Признаешь ли ты мои права на тебя, подруга? Отдаешь ли себя мне и моему второму по доброй воле или хочешь выбрать другого основного мужчину? – Григг ходил вокруг нас, как готовый сорваться с цепи зверь. Я притянул Аманду спиной к моей груди; мой твердый член упирался в изгиб ее сочной, круглой задницы.

Через ошейники мы оба чувствовали едва сдерживаемую похоть Григга, из-за которой мне еще сильнее захотелось войти в нее до яиц. Я застонал, когда почувствовал терпкий аромат ее возбуждения, напоминающий самый сладкий парфюм.

- Я принимаю вас, не хочу никого другого, - с придыханием сказала она. Когда она говорила, ее груди поднимались и опускались.

- Тогда мы присваиваем тебя в ритуале наречения и убьем любого другого воина, который осмелится прикоснуться к тебе.

Григг поклялся, а затем то же проделал и я, наклоняясь, чтобы прошептать слова сбоку ей в шею.

- Я убью за тебя и умру, защищая тебя, подруга. Ты теперь моя, навсегда.

Пение на время остановилось, и мужские голоса произнесли хором:

- Пусть боги будут свидетелями и защитят вас.

Аманда дрожала, но храбро стояла перед нами, ожидая, чтобы мы присвоили ее навсегда. От вида ее прекрасного тела, выставленного на всеобщее обозрение, мое желание забушевало в крови.

Я ухмыльнулся, глядя на Григга, желая уже начать. Но я ждал, чтобы он сделал первый шаг. Его подгоняла его доминантная натура, а чем больше он доминировал над нашей невестой, тем больше оргазмов мы могли добиться от ее сочного, податливого тела. В этой своей роли Григг был щедр, всегда добиваясь того, чтобы мы все трое теряли рассудок от наслаждения.

- На колени, Аманда. На колени, и широко раздвинь ноги.

———

Григг

Моя подруга опустилась на колени передо мной, не споря и не мешкая. Я почувствовал, какое удовольствие она испытала, когда я взял над ней контроль. Она была такой податливой и чуткой, что в моей голове уже давно роилось множество сценариев для этого момента. Позы. Способы заставить ее кончить.

Когда я увидел ее на коленях, обнаженную, с завязанными глазами и полностью доверяющую нам, во мне проснулось темное желание.

- Открой рот. Я положу тебе на губы свой член, и ты слижешь с него всю смазку. Она обожжет твой язык, раззадорит аппетит к нашим членам. Ты поняла?

- Да.

От одного этого слова мой член дернулся, и я взял его за основание, готовясь осуществить сказанное. Рав стоял позади нее и ждал. Я понял, что не смог бы разделить ее с кем-то еще, с другим таким же доминантным, как я, воином. Рав был моим. Каким-то образом это успокаивало дикого зверя во мне, когда он касался Аманды.

- Рав, ляг на спину и отымей ее языком.

В считанные секунды мой второй оказался под ней, и его голова с легкостью проскользнула между ее раздвинутых ног. Я с удовлетворением наблюдал, как вздрогнули бедра нашей партнерши после первого жесткого движения языка Рава, когда она села на его лицо. Она ахнула, и благодаря нашим ошейникам я понял, что язык Рава проник глубоко, трахая ее, как я и приказывал, увлажняя ее и готовя к моему члену.

Пока она стонала и пыталась вырваться из твердой хватки Рава на ее бедрах, я наконец поместил сочащуюся головку своего члена на ее пухлые губы.

- Отсоси мне, Аманда. Оттрахай меня своим ртом.

Я должен был быть готов к этому, но горячий рот Аманды насадился на меня одним уверенным, быстрым движением. Ее язык облизывал мой член с таким рвением, что я чуть не кончил. Слишком быстро. Мои яйца напряглись, желание кончить нарастало.

Так я недолго продержусь, и это еще даже не оказавшись в ее киске.

Схватив ее за волосы, я осторожно оттянул ее голову, пока мой член не выскользнул из ее губ с характерным звуком. Я не мог ждать. Раньше я мечтал растянуть этот момент, чтобы он длился вечно. Теперь же я просто хотел, чтобы она стала моей.

Сейчас. Прямо сейчас. Я хотел, чтобы ее ошейник стал синим, мое семя оказалось в ее матке, член моего второго – в ее девственной заднице, и чтобы этот момент связал нас воедино.

- Хватит, Рав.

Аманда протестующе захныкала, но я просто поднял ее с пола, к своей груди, так, чтобы ее влажная киска оказалась прямо над моим членом. Я опустил ее на свой болезненный стояк, а она обхватила ногами мою талию. Бурность ее реакции, ощущение того, как мой член заполнял ее, раскрывал ее киску, пронзили ее и передались мне через ошейник. В ответ на это мой член набух. Я был на грани.

Кресло для совокупления было всего в трех шагах, и я поспешил оказаться на нем. Я занял свое место на странном наклонном сидении, которое было предназначено для секса: мы с моей партнершей отклонялись назад под таким углом, чтобы Рав мог взять ее, стоя сзади.

Я быстро устроился в кресле, схватил бедра Аманды и притянул ее ближе к себе, насаживая еще глубже на мой ноющий член. Я широко раздвинул ее ягодицы для Рава.

Аманда застонала, и этот звук был музыкой для моих ушей. Она попыталась сдвинуться в моей хватке, потереться своим маленьким похотливым клитором о мое тело и найти облегчение. Но пока что я не мог ей этого позволить. Оба ее партнера должны были оказаться внутри нее.

- Оттрахай ее, Рав. Прямо сейчас.

———

Аманда

Я ЛЕЖАЛА на твердой груди Григга, который сидел в каком-то наклонном кресле. Его толстый член проникал так глубоко в меня, что мне казалось, что я умру, если он не начнет двигаться. Григг схватил мою задницу, широко раздвигая ягодицы.

- Оттрахай ее, Рав. Прямо сейчас.

- Да! Боже, да! Черт возьми, быстрее. Быстрее. Быстрее, - я двигала бедрами, пытаясь прижаться клитором к твердому прессу Григга, но он помешал мне. Он так крепко держал меня, что я совсем не могла двигаться, могла только чувствовать.

И ждать.

Господи, это ожидание убивало меня.

- Не двигайся, Аманда, - голос Григга раздался глубокой, хриплой вибрацией, от которой я еще больше разгорячилась. Напрягая бедра, я приподнялась с его члена так, чтобы вновь опуститься на него со стоном наслаждения, полностью игнорируя приказ моего партнера.

- Рав!

Григг выпустил мою задницу, и я обрадовалась своей победе, поднимаясь и вновь садясь на него до тех пор, пока его твердая рука не опустилась на мою чувствительную задницу. *Шлеп!*

- Что я тебе сказал, Аманда?

Что он мне сказал? Я могла думать только о его члене.

- Я не знаю.

- Твое наслаждение – мое. Твоя киска – моя. Не двигайся, подруга. Я сказал, чтобы ты не двигалась.

- Нет. Нет. Нет, - простонала я, и рука Григга приземлилась на другую ягодицу, принеся быстрый укус боли.

Сквозь меня прокатилось тепло, и я замерла, но не потому, что боялась следующих шлепков, а потому, что Рав наконец до меня дотронулся.

Одним пальцем он наносил смазку на мою задницу, проникая глубже, пока я стонала и хныкала, отчаянно желая большего, желая, чтобы они заполнили и отымели меня. Их пальцы, пробки – все это сработало, и я была готова к члену Рава.

Рав терпеливо разрабатывал меня двумя пальцами и,

кажется, третьим тоже. Сначала ощущение растягивания было болезненным. Знакомое жжение прибавилось к хаосу ощущений, бушующих в моем теле, передающихся через ошейники, через член Григга, через оглушительное сердцебиение Рава. Я все это чувствовала. Мне все это было необходимо.

- Пожалуйста.

Я чуть не зарыдала от облегчения, когда почувствовала, как крупная головка члена Рава медленно начала входить в меня. Руки Григга вновь оказались на моей заднице, раздвигая ягодицы, чтобы Рав мог мной овладеть. Я знала, что мои партнеры сейчас возьмут меня, поимеют меня, заполнят меня, и от этого я становилась жарче, влажнее, ближе к оргазму.

Боже, как далеко я продвинулась на этом темном пути?

Эта мысль быстро пролетела, пока Рав продолжал двигаться вперед, преодолевая небольшое сопротивление моих мышц. Он медленно вошел в меня, заполнив до конца.

Я была заполнена двумя членами; задница горела от шлепков Григга, а разум опустел, и я только ждала. Я принадлежала этим мужчинам, моим партнерам. Я была готова дать им все, чего бы они ни захотели, что бы им ни понадобилось.

Они были моими.

Связь между нашими ошейниками была напряженной. Наше возбуждение и наслаждение было словно яркий, пламенный круг, который вращался, взмывая все выше и выше.

- Трахни ее, Рав, медленно, - прорычал Григг.

Рав наполовину вышел из моей задницы, затем проскользнул обратно. Я застонала, часто и тяжело дыша. Я была так близка к оргазму. Ощущение двух горячих и толстых членов, заполняющих и присваивающих меня, сводило с ума.

- Я не продержусь долго.

Признание Рава возбудило меня еще больше, и моя киска сжала член Григга, из-за чего он простонал мое имя.

- Аманда. Боги, я люблю тебя.

После этого отчаянного признания во мне пробудилось что-то дикое и безрассудное, нечто темное, озабоченное, совершенно бесстрашное. Опираясь о грудь Григга, я оттолкнулась так, чтобы правой рукой дотянуться до Рава и схватить его за волосы. Я притянула его к себе – его крупное тело прижималось к моей спине – и поцеловала, пуская в ход и зубы, и язык. В этот поцелуй я вложила столько желания, что мне хотелось поглотить его и никогда не отпускать.

Ниже моя левая рука покоилась на шее Григга, сжимая ее нежно, но достаточно крепко, чтобы заявить мои права на него.

Рав зарычал, не отрываясь от моих губ. Его бедра стали двигаться активнее, он стал быстрее входить и выходить из моей задницы, толкая меня к Григгу, сводя меня с ума.

Я оттолкнула Рава и повернулась к Григгу, целуя его с той же лихорадочностью, которая захватила меня с головой. Руками он ухватился за мои волосы. Его бедра поднимались и опадали, как поршень. Он имел мою киску, пока Рав присваивал мою задницу.

Я скакала на них, словно дикарка, и одна мысль была сильнее всего океана слов в моем разуме.

- Мои.

Это была моя литания, моя молитва, пока они меня трахали с двух сторон. Я соединяла нас вместе, делала нас единым целым. *Мои.* Я не знала, была ли эта мысль моей, Григга или Рава. Это было неважно, когда их хриплые крики разрядки заполнили комнату, а их семя – мое нутро, когда обжигающий жар их спермы пометил меня. Во время оргазма я закричала; связующий сок, как молния, пронзил мой клитор, мою киску и задницу. Я рассыпалась на мелкие кусочки, а потом сделала глубокий вдох и потеряла себя снова, и снова - каждого движения их бедер хватало, чтобы вытолкнуть меня за край.

Мы упали друг на друга, пытаясь отдышаться, но мужчины не вышли из меня. Их твердые и толстые члены остались внутри. Вскоре они стали еще тверже, выросли в размерах, растягивая меня еще больше, хотя, казалось, это было невозможно. Они вновь трахнули меня – на этот раз медленно. Их семя облегчало работу, их руки и рты исследовали каждую часть моего тела. Шепотом они говорили слова любви и восхищения, и я полностью утонула в них. На этот раз мой оргазм был похож на медленно назревающий взрыв, после которого я так ослабела, что не могла поднять голову. Руки и ноги дрожали, и я не могла пошевелиться.

Ошейник горел на мне, пока я лежала на груди Григга, а Рав накрывал нас обоих сверху. Мы все запыхались и онемели от удовольствия.

Григг поднял руку, чтобы погладить мой подбородок, приподнял мою голову, чтобы осмотреть мой ошейник. Рав наклонился, чтобы тоже взглянуть.

- Что там? – спросила я. Мой голос охрип от криков наслаждения.

- Теперь ты принадлежишь нам, - ответил Рав. – Навсегда.

- Твой ошейник синий, - добавил Григг, чтобы я поняла.

От их слов у меня на глазах выступили слезы, ведь

эмоции, которые я сдерживала, вышли на поверхность. Облечение. Гордость. Радость. Духовная близость. Семья. И любовь. Последнее чувство рокотало во мне, и я была беспомощна перед ним, словно перышко в бурном течении. Теперь я была свободна, я могла отдать себя им, любить их всегда.

Через ошейник я чувствовала их любовь, их удовлетворение. Они были открыты и так же свободны.

- Я так сильно люблю вас обоих, - всхлипнула я, и они стали меня успокаивать, укрывая в своих объятиях, защищая от стресса и хаоса, которыми были наполнены последние несколько дней. В их руках я была в безопасности и могла обо всем забыть.

Я позволила себе любить их и в ответ почувствовала их любовь ко мне.

- Мои. Вы оба мои, - эти слова смешались в неразбериху, но мои партнеры услышали меня и просто крепче обняли. Мы были одним целым, и ничто не было способно это изменить.

ССЫЛКИ НА ГРЕЙС ГУДВИН

Вы можете следить за деятельностью Грейс Гудвин на ее веб-сайте, страницах на Facebook и в Twitter, через ее профиль на Goodreads с помощью следующих ссылок:

Сайт:
https://gracegoodwin.com

Facebook:
https://www.facebook.com/profile.php?id=100011365683986

Twitter:
https://twitter.com/luvgracegoodwin

Goodreads:
https://www.goodreads.com/author/show/
15037285.Grace_Goodwin

О ГРЕЙС ГУДВИН:

Зарегистрироваться в списке моих VIP-читателей: **https://goo.gl/6Btjpy**

Хотите присоединиться к моей совсем не секретной команде любителей научной фантастики? Узнавать новости, читать новые отрывки и любоваться новыми обложками раньше остальных? Вступайте в закрытую группу Facebook, которая делится фотографиями и самой свежей информацией (англоязычная группа). Присоединяйтесь здесь: http://bit.ly/SciFiSquad

Каждую книгу Грейс можно читать как отдельный роман. В ее хэппи-эндах нет места изменам, потому что она пишет про альфа-самцов, а не альфа-кобелей. (Об этом вы и так можете догадаться.) Но будьте осторожны... ее герои горячи, а любовные сцены еще горячее. Мы вас предупредили...

О Грейс:

Грейс Гудвин – популярная во всем мире писательница в жанре любовно-фантастического романа. Грейс считает, что со всеми женщинами следует обращаться как с принцессами, в спальне и за ее пределами, и пишет любовные истории, где мужчины знают, как побаловать и защитить своих женщин. Грейс ненавидит снег, любит горы, а ее сокровенное желание – научиться загружать истории прямо из своей головы вместо того, чтобы печатать их. Грейс живет в западной части США, она профессиональная писательница, заядлая читательница и признанная кофеманка.